Un trône pour une innocente

KIM LAWRENCE

Un trône pour une innocente

Traduction française de
ANNE-LAURE PRIEUR

AZUR

HARLEQUIN

Collection : Azur

Titre original :
THE PRINCE'S FORBIDDEN CINDERELLA

HARPERCOLLINS FRANCE
83-85, boulevard Vincent-Auriol, 75646 PARIS CEDEX 13
Service Clients — www.harlequin.fr
ISBN 978-2-2804-9939-2 — ISSN 0993-4448

Composé et édité par HarperCollins France.
Imprimé en janvier 2024 par CPI Black Print (Barcelone)
en utilisant 100% d'électricité renouvelable.
Dépôt légal : février 2024.

FSC
www.fsc.org
MIXTE
Papier issu de sources responsables
FSC® C159065

Pour limiter l'empreinte environnementale de ses livres, HarperCollins France s'engage à n'utiliser que du papier fabriqué à partir de bois provenant de forêts gérées durablement et de manière responsable.

1

Renzoi était surnommé le joyau de la Méditerranée. Quiconque découvrait le royaume insulaire pour la première fois ne pouvait qu'approuver. Depuis l'aéroport international, une route côtière, réputée comme l'une des plus belles au monde, conduisait à la capitale, Fort St Boniface. Souvent utilisée au cinéma, elle faisait la joie des amateurs de panoramas grandioses, à condition d'avoir le cœur bien accroché. Ses virages en épingle à cheveux exigeaient une solide dextérité au volant.

Les moins aventureux optaient pour le bateau-taxi effectuant la traversée du grand port, auparavant investi par une flotte de yachts luxueux. Ces derniers avaient migré vers une nouvelle marina aménagée spécialement pour eux. Leurs propriétaires milliardaires contribuaient à l'économie florissante de l'île et à sa réputation de repaire des riches et puissants. Le voyageur croisait donc surtout des voiliers et des bateaux de pêche, le port de Fort St Boniface étant toujours actif, ce qui faisait son charme. La brève traversée offrait la plus belle vue de la capitale fortifiée avec ses innombrables tours et coupoles. Le palais royal se dressait majestueusement en son centre, dominant le vaste dédale d'étroites rues pavées et de petites places pittoresques à ses pieds. Toute la journée, des vedettes parées de fanions multicolores sillonnaient le port, remplies de touristes émerveillés par ce château de conte de fées illuminé de mille feux, impatients de se faire photographier devant.

Ce soir, l'un de ces taxis se différenciait des autres. Frappé d'un discret logo royal, il ne transportait qu'un unique passager. Alors que le bateau procédait à son amarrage à l'écart du débarcadère principal, l'homme, sans attendre la fin de la manœuvre, sauta sur le ponton d'une détente féline. Une silhouette s'avança à sa rencontre en le saluant de la main.

— Je ne m'attendais pas à un comité d'accueil, lança le nouveau venu.

Interrompu par son portable, il s'excusa d'un geste.

— Un instant, Rafe.

Du haut de son mètre quatre-vingt-quinze, le prince Marco, héritier du trône de Renzoi, dépassait son compagnon, pourtant grand lui aussi. Il soupira devant son écran, partagé entre agacement et résignation.

— J'allais demander s'il y avait un problème, mais...

Il rangea son portable dans sa poche.

— L'aéroport est fermé ?

Son interlocuteur hocha la tête.

— Tous les avions sont cloués au sol. La tempête arrive droit sur nous.

— Tu te rends sur place ?

— Cela fait partie de mes fonctions.

Marco leva un sourcil.

— Les fameuses fonctions du ministre des Transports et du Tourisme ?

L'autre homme haussa les épaules.

— Chaque fois que j'entends « monsieur le ministre », je regarde derrière moi.

— Un bon réflexe. Le palais est une vraie fosse aux lions, commenta le prince, sardonique. Je parie que tout le monde te met au défi d'égaler ton prédécesseur ?

— La mort du ministre a été un choc...

— Un choc ? Il avait quatre-vingt-dix ans et buvait comme un trou, intervint Marco. Ces cinq dernières années, c'est toi qui as fait son travail en tant qu'assistant, pendant qu'il se contentait de jouer au golf et de récolter les honneurs.

Rafe s'autorisa un petit rire, avant de redevenir sérieux.

— J'apprécie le soutien. C'est un sacré risque.

— Quel risque ? Tu n'as rien à me prouver, Rafe.

Marco tourna la tête de gauche à droite, conscient tout à coup de la tension qui s'était accumulée le long de sa nuque. En utilisant son veto pour contrer le choix du Conseil des ministres, il savait que la moindre erreur de la part de Rafe serait brandie comme preuve que Marco se mêlaient d'affaires qui le dépassaient. Les mandarins du Conseil lui préféraient de loin son père, bien plus docile.

Le népotisme était monnaie courante au palais. En tout et pour tout, cinq familles détenaient la quasi-totalité du pouvoir sur l'île, et aucune n'était prête à céder du terrain. Peu importait. Marco était patient et avait le soutien de son père, même si celui-ci se montrait beaucoup trop conciliant, pour ne pas dire... Oui, passif. Un sourire indulgent incurva ses lèvres. « Le roi est très aimé de son peuple », remarquaient souvent les dignitaires du palais. Le sous-entendu était limpide : que Marco joue au golf, fasse du vélo ou prenne le thé avec sa maîtresse, en laissant au Conseil le soin de gouverner le pays, et lui aussi deviendrait populaire.

Seulement voilà, Marco était veuf et n'avait pas de maîtresse. Il ne vivait pas non plus comme un moine, non. De discrètes aventures d'un soir ou de quelques jours lui permettaient d'assouvir ses instincts naturels. Un jour, il finirait par se remarier. Mais plus tard ce jour arriverait, mieux il se porterait.

— Au moins, vous avez pu rentrer à temps, Votre Altesse...

— *Votre Altesse* ? Sérieusement, Rafe ?

Son ami se fendit d'un sourire.

— D'accord, Marco. Mais...

— Personne n'est là pour nous entendre, le coupa Marco. Fais des courbettes autant que tu veux en public. Mais je refuse d'être appelé « Votre Altesse » par quelqu'un que j'ai écrasé au rugby et vu danser sur une table après une demi-pinte de cidre. Mon pauvre vieux, tu ne tiens vraiment pas l'alcool !

Non que leur amitié fût la raison pour laquelle il avait promu son camarade d'université et fils de son chauffeur. Ce n'était même pas pour le plaisir de faire rager la coterie des sang bleu prenant leur pouvoir pour acquis. Rafe était compétent et le méritait, tout simplement.

— Écrasé au rugby ? Nous n'avons pas les mêmes souvenirs... Mais tu es mon patron, alors je laisse couler. J'imagine que ton vol a été mouvementé ?

Marco s'esclaffa.

— Tu l'as dit ! J'ai eu ma dose d'adrénaline pour la semaine.

Il connaissait les brillants états de service du pilote aux commandes. Sans quoi, il se serait inquiété à leur troisième tentative pour atterrir.

Il remarqua le coup d'œil de Rafe vers la vedette.

— Tu dois y aller ? s'enquit-il.

Rafe acquiesça et prit congé, puis monta à bord avec plus de précautions que Marco pour descendre. Celui-ci regarda le bateau s'éloigner, avant de rejoindre la limousine aux vitres teintées qui l'attendait plus loin. Un chauffeur tiré à quatre épingles en émergea pour lui ouvrir sa portière.

— Avez-vous eu le temps de voir Rafe, Tomas ? demanda Marco.

— Mon fils est très occupé... Je veux dire, monsieur le ministre, rectifia-t-il, non sans fierté dans la voix.

— Bien sûr.

Marco effleura la cicatrice sur sa joue. Tomas avait été son garde du corps personnel quand il était enfant. Un jour, il avait voulu tester s'il pouvait sauter dans une cascade et glisser dessus comme sur un toboggan. Tomas avait plongé pour le secourir. Marco ne gardait comme séquelle que cette fine ligne blanche. Tomas, lui, boitait et faisait sonner tous les détecteurs de métaux. Sa carrière de garde du corps s'était arrêtée net ce jour-là. Travailler dans un bureau ne lui convenait pas, pas plus que prendre sa retraite, aussi avait-il bondi sur l'occasion d'entrer au service de Marco en tant que chauffeur.

— Il vous est reconnaissant de la chance que vous lui donnez, Votre Altesse.

— Il la mérite.

Tomas leva les yeux vers le ciel.

— On dirait que la tempête vous a suivi jusqu'ici.

La portière se referma sur Marco. L'air conditionné diffusait une fraîcheur bienvenue après la chaleur humide régnant à l'extérieur. Marco desserra sa cravate et enleva sa veste, puis sortit le petit paquet de la poche de sa chemise. Difficile de savoir quoi acheter à une enfant qui avait déjà tout. Pour finir, il avait choisi un délicat pendentif en forme de coquillage sur une chaîne en argent. Freya l'aimerait-elle ? À cinq ans, sa fille était un mystère.

À qui la faute ?

Une soudaine nostalgie s'empara de lui. Elle grandissait si vite…

Freya le remercierait poliment, comme toujours. Ces manières vieille école, elle les devait à sa nourrice, Maeve Fitzgerald, qui avait aussi été celle de Marco enfant. Sa polyarthrite obligeait la vieille femme à prendre sa retraite. Mais elle avait insisté pour rester un mois de plus afin d'assurer la transition avec sa remplaçante, avant de se retirer dans un village pour seniors tout confort dans son Irlande natale.

Marco alluma son ordinateur portable alors que la limousine franchissait l'imposante porte taillée dans les remparts de la capitale, un monument daté du XVIe siècle qui ne manquait jamais d'éblouir les visiteurs. Marco, lui, avait grandi au sein de ces murs. Il n'y prêtait aucune attention, plus intéressé par les résultats de son dernier sondage d'opinion. Un sourire satisfait joua sur ses lèvres. Ces chiffres tombaient à pic pour la réunion du lendemain. De quoi clouer le bec aux dignitaires opposés à tout changement. Marco avait parfois envie de s'arracher les cheveux face à leur entêtement à maintenir le statu quo. Stagner n'était jamais une bonne chose. Les sujets de l'île étaient bien plus ouverts d'esprit qu'ils ne le pensaient. Mais il avait beau l'expliquer au Conseil, autant s'adresser à un mur.

Les chiffres sous ses yeux confirmaient sa conviction. Interrogée sur un projet fictif équivalent à celui qu'il avait en tête, une large portion de la population s'y révélait favorable, tous âges confondus.

Il referma son ordinateur, au moment où s'ouvrait devant eux le large portail doré du château. Aucune sécurité n'était visible, en dehors des sentinelles en costume traditionnel postées le long du chemin de ronde. Mais elle était bien là. Marco l'avait lui-même fait renforcer six mois plus tôt, en réponse à l'intrusion d'un touriste équipé d'une caméra à la fête d'anniversaire de Freya. Alors en déplacement à une conférence européenne sur le climat, il avait appris l'incident par sa mère, qui le lui avait relaté comme une anecdote amusante. Quoi d'étonnant de la part d'une souveraine habituée à se déplacer à vélo, au grand dam de ses gardes du corps ? Sa mère affirmait qu'il n'y avait pas de mauvaises personnes, seulement des âmes incomprises. Sa bonté la perdrait, un jour.

L'incident n'avait pas du tout amusé Marco. Il avait aussitôt remanié toute la sécurité du palais. Freya serait toujours protégée. Contrairement à la mère de l'enfant, qu'il n'avait pas su sauver... Des images remontèrent à la surface. Sa femme, très pâle, exténuée après un accouchement si traumatique qu'elle n'avait même pas voulu voir son enfant. Puis le lit vide. Les draps tachés de sang. Il se souviendrait toujours du poids du bébé dans ses bras, de ses grands yeux bleus accusateurs, avant qu'il lui soit enlevé et que réapparaisse le médecin, la terrible nouvelle inscrite dans son regard compatissant. La culpabilité qui l'avait étreint à ce moment-là ne l'avait plus jamais quitté. Elle était sa punition.

Comme son père, il avait échoué dans son rôle d'époux. N'était-ce pas inévitable que, comme lui, il échoue aussi dans son rôle de père ? Le monde voyait en lui un mari en deuil, inconsolable après la mort de sa femme. Mais il n'était qu'un imposteur. Il ne méritait pas l'amour de sa fille. Était-il seulement capable d'aimer ?

L'arrivée de son assistant le tira de ses ruminations.

— Luca.

Le jeune homme, le connaissant, lui emboîta le pas et se lança dans un rapport détaillé sans perdre de temps en politesses futiles tandis qu'ils se dirigeaient vers les appartements de Marco.

— Au fait, la nouvelle nourrice est-elle arrivée ? s'enquit Marco.

La pause de Luca ne lui échappa pas.

— Son vol a été retardé. Mais oui, elle est arrivée.

— Mais... ?

— Mais Mme Fitzgerald ne sera pas là pour assurer la transition, poursuivit-il. Elle est à Cork, auprès de sa sœur qui a dû être hospitalisée. C'est moi qui ai organisé son retour en jet privé. J'ai également fait livrer des fleurs à l'hôpital de votre part. J'ai supposé que c'était ce que vous voudriez...

— Bien sûr.

Marco balaya la question d'un geste impatient, et son alliance miroita à son annulaire.

Alors la nouvelle nourrice allait être jetée d'emblée dans

le grand bain ? Ce n'était pas lui qui lui avait fait passer l'entretien. Mais, sur le papier, elle s'était démarquée des autres candidates : une enseignante expérimentée, directrice adjointe d'un établissement de cinq cents élèves. Elle n'aurait aucun mal à s'occuper d'une seule fillette de cinq ans. Si elle ne convenait pas, sa période d'essai de six mois pouvait être interrompue à tout moment. Mme Fitzgerald avait formé plusieurs employées assignées à la nursery. L'une d'elles prendrait le relais le temps de trouver une nouvelle nourrice qualifiée. Aucun problème de ce côté-là.

Marco passa au point suivant.

— Luca, peux-tu m'envoyer la liste des start-up écoresponsables qui ont postulé à l'offre de parrainage ?

Investir dans des entreprises respectueuses de l'environnement ne lui serait pas venu à l'idée auparavant. Mais, depuis qu'il était père, préserver l'avenir de la planète pour sa fille était devenu sa priorité.

— C'est déjà fait, répondit son assistant. Les candidatures restent nombreuses, même après un tri important. Être associé à votre nom en plus du financement royal attire beaucoup de… Désolé…

Luca réprima un bâillement. Marco eut mauvaise conscience. Il était minuit passé. Ce n'était pas parce qu'il ne dormait pas plus de quatre heures par nuit que ses employés devaient faire une croix sur leur vie personnelle.

— Prends ta journée de demain, déclara-t-il.

Le jeune homme ouvrit des yeux ronds.

— Mais il y a encore plusieurs points que…

— Rentre chez toi, Luca. Et merci. C'est du bon travail.

Devant l'air stupéfait de son assistant, Marco s'en voulut de ne pas exprimer plus souvent sa gratitude. Luca était un excellent bras droit. Mais il avait passé l'âge d'occuper cette fonction. Il méritait plus d'autonomie. Le poste que Marco lui réservait lui conviendrait davantage.

Ses appartements se trouvaient au rez-de-chaussée, avec sa chambre donnant sur une cour privée. Deux étages plus haut, dans la tour, avait été aménagée une salle de sport. Idéale pour un insomniaque. Marco hésita entre son lit et le tapis de course. Pour finir, il ne choisit ni l'un ni l'autre et s'engagea dans l'escalier menant à la nursery. C'était plus fort que lui. Il avait besoin de voir sa fille. Elle dormirait à cette heure, comme la plupart des fois où il lui rendait visite. Son cœur se serra. C'était plus facile que quand elle était éveillée. Elle ressemblait tellement à sa mère…

La femme qu'il n'avait pas réussi à aimer.

Kate laissa ses yeux s'habituer à l'obscurité avant de regarder autour d'elle. Une chambre inconnue. Des meubles différents. Si on lui avait dit qu'elle dormirait un jour dans un gigantesque lit à baldaquin…

Elle était là. C'était bien réel. Elle avait tout quitté pour venir ici. Une vague de nostalgie l'envahit. Sa petite maison lui manquait, nichée entre un antiquaire et un salon de thé. Sa salle de classe aussi.

Ça suffit !

Le passé était le passé. Elle devait se tourner vers l'avenir. Mais le visage coupable de ses parents et leur expression blessée quand elle s'était confrontée à eux restaient gravés dans sa mémoire.

« Vous m'avez menti ! Ma vie entière n'est qu'un mensonge ! J'ai besoin de m'en aller. »

Ils avaient cru qu'elle parlait de prendre des vacances. Ils l'avaient même encouragée à partir quelque temps au soleil. C'est là qu'elle était tombée sur l'annonce.

Un nouveau travail. Un nouveau départ.

« C'est à des milliers de kilomètres », avait déploré son père.

« Tu vas nous manquer », s'était lamentée sa mère.

Kate chassa ce souvenir. Son frère avait tort. Ce n'était

pas parce qu'elle changeait de vie qu'elle punissait leurs parents. C'était important de sortir de sa zone de confort, non ? Surtout quand on perdait tous ses repères du jour au lendemain et qu'on ne se sentait plus chez soi nulle part.

L'annonce mentionnait un poste « à domicile ». Kate ne s'attendait pas à être logée dans un grenier. Mais quelle n'avait pas été sa surprise de se voir conduire à un luxueux appartement indépendant ! Une porte communiquait directement avec la nursery occupée par la princesse Freya, une timide fillette de cinq ans aux grands yeux bleus, qu'elle avait rencontrée en coup de vent à son arrivée.

Elle chercha son téléphone à tâtons sur la table de nuit : 1 heure du matin. Elle tombait de fatigue, mais son cerveau continuait à tourner à cent à l'heure. Avec un soupir, elle se laissa retomber sur l'oreiller et écarta une mèche collée à son front. Renzoi, avait-elle lu sur Internet, offrait un agréable climat tempéré. Tempéré ? L'air était lourd et humide, et il faisait une chaleur étouffante ! Elle était en nage ! Pour finir, elle repoussa le drap et alla entrouvrir la haute fenêtre. Une brise rafraîchissante s'engouffra dans la pièce. Kate souleva ses cheveux et tira sur le col de sa chemise de nuit pour s'éventer. L'air embaumait la menthe et le romarin, deux plantes poussant en abondance dans les collines de l'île.

Elle quitta sa chambre et traversa le salon pour gagner la cuisine avec son élégant plan de travail en granite. Au matin, elle étudierait de plus près la machine à café, dont le mode d'emploi semblait un vrai casse-tête. Quant au réfrigérateur, il était rempli de toutes les provisions nécessaires. Elle l'ouvrit et se servit un verre d'eau glacée au distributeur. Mon Dieu, ce que cela faisait du bien !

Son reflet dans la porte en inox la consterna. Elle avait l'air d'un fantôme. Un coup de peigne et un peu d'anticerne ne seraient pas du luxe. Quelques kilos en plus aussi. Quoi qu'elle mange, rien n'y faisait. Elle restait fine comme une brindille. Non que sa silhouette la complexât. Elle enviait toutes ces femmes aux courbes généreuses, mais partait du principe que chacun faisait avec ce qu'il avait. Pourtant, des larmes surgies de nulle part lui montèrent aux yeux. Elle renifla bruyamment.

— Bon sang, Kate, qu'es-tu venue faire ici ?

Fuir ? Se retrouver ? Encore quelques semaines plus tôt, elle aurait méprisé ces deux options. Elle regardait toujours la réalité en face, même quand la pilule était difficile à avaler. C'est ce qui s'était passé avec le ballet. Une passion courante chez les petites filles. Mais, contrairement à ses camarades, elle n'avait pas abandonné en grandissant, distraite par les garçons ou la dernière tendance en date. Si elle avait renoncé à son rêve, c'était parce qu'elle avait compris qu'elle n'aurait jamais l'étoffe d'une grande danseuse. Elle avait beau donner le meilleur d'elle-même, cela ne suffisait pas. Il lui manquait ce petit plus indéfinissable pour sortir du lot. Sa désillusion avait été immense. Alors elle avait réinvesti son énergie dans ce pour quoi elle était vraiment douée : sa scolarité. Ses efforts lui avaient permis de décrocher une bourse pour une université réputée, où elle avait obtenu son diplôme en sciences de l'éducation.

Kate savait qu'elle était une bonne enseignante. Son professionnalisme et sa capacité naturelle à captiver les enfants étaient reconnus de tous. C'est ainsi qu'elle était devenue la plus jeune directrice adjointe de la prestigieuse école primaire qui l'employait. Tout le monde s'attendait à ce qu'elle succède au directeur actuel, à deux ans de la retraite. Kate n'avait encore rien décidé. Le poste était tentant. Mais elle avait également été approchée par une école en difficulté d'un quartier défavorisé, en quête d'une personne aux méthodes innovantes pour redresser la barre. Le défi l'avait enthousiasmée. Mais elle n'était plus cette femme-là, sûre de qui elle était et de la voie qu'elle suivait.

Elle finit son verre et s'essuya les yeux. Il était temps de retourner se coucher. Si elle s'endormait dans la demi-heure, calcula-t-elle, cela lui laissait encore cinq heures de sommeil. C'était mieux que rien.

Elle n'avait pas fait trois pas qu'un bruit l'interpella. De la musique ? Non... Une voix ? Elle tendit l'oreille. Silence complet. Elle avait dû rêver. Mais, alors qu'elle rentrait dans sa chambre, elle se figea de nouveau. Cette fois, aucun doute : elle avait bien entendu quelque chose émanant de l'enceinte reliée à la nursery. Un choc sourd, suivi par un juron étouffé. Pas vraiment le genre de bruit que ferait une enfant.

Son pouls s'accéléra. Il y avait quelqu'un dans la salle de jeux. Le seul moyen de savoir de qui il s'agissait était d'aller voir. Elle se remémora l'agencement de la pièce. Les livres alignés par couleurs sur l'étagère. Les piles de jeux éducatifs. Une véritable publicité pour magasin de jouets. Tout était neuf, immaculé, soigneusement rangé dans des boîtes étiquetées. Rien à voir avec sa chambre ou celle de Jake quand ils étaient enfants.

Son cœur se serra. Elle et son frère s'étaient disputés avant son départ. Kate s'était sentie tellement trahie ! Cela avait été un coup dur de découvrir que ses parents lui avaient menti, eux qui avaient toujours insisté sur l'importance d'être honnête. Mais apprendre que son frère était aussi dans le coup avait été la goutte de trop. Jamais elle n'oublierait son expression quand elle lui avait fait part de sa découverte. Avant même qu'il ouvre la bouche, elle avait compris.

Il savait déjà qu'ils avaient été adoptés.

Qu'il n'était même pas son frère.

Ce n'était pas leur première dispute, mais aucune n'avait jamais été aussi violente. Jake avait découvert la vérité par hasard lui aussi, des années plus tôt. Il ne voyait pas où était le problème.

« Cela ne change rien. »

Si. Pour Kate, cela changeait tout. Elle ne comprenait pas comment il pouvait accepter la situation sans broncher. Sa réaction était justement la raison pour laquelle il avait gardé le secret, lui avait dit Jake. Elle sentit une larme rouler sur sa joue au souvenir de leur conversation.

— Rien ne te fait peur. Tu te battrais jusqu'au bout pour ceux que tu aimes.

— Est-ce un reproche ?

— Tu aimes papa et maman. Mais tu les mets sur un piédestal, Kate. Tu es aussi exigeante envers les autres qu'envers toi-même. Ils essayaient juste de te protéger, et moi aussi.

— On ne protège pas quelqu'un de la vérité.

Il n'était même pas venu lui dire au revoir...

Cesse de t'éparpiller !

Elle carra les épaules et poussa la porte de la nursery. Quoi qui l'attende de l'autre côté, cela ne pouvait pas être pire que ses idées noires.

2

Kate ne se sentait pas vraiment en danger. À coup sûr, elle allait même se sentir totalement stupide. Des scénarios tous plus loufoques les uns que les autres défilaient dans sa tête. Sur qui allait-elle tomber ? Des employés occupés à désinfecter les jouets un par un ? Une équipe d'exterminateurs d'insectes ? Une chambre d'enfant ne restait pas aussi propre par magie...

Son cœur cessa de battre. Une imposante silhouette se découpait dans la pénombre, en train de replacer sans effort une poupée en haut d'une étagère. Une étagère dont elle, avec son petit mètre soixante, n'atteignait pas le rayon supérieur. La faible clarté provenant de sa chambre révélait un dos athlétique sous un costume l'épousant à la perfection. Du sur-mesure ? Son intrus était donc bien habillé ?

En quoi est-ce rassurant ?

Surtout, ne pas paniquer. Elle rirait sûrement de cette histoire, plus tard. En attendant... Soudain, elle se rappela le bouton d'alarme près de son lit. C'était bien le moment d'y penser ! Quand on le lui avait montré lors de la visite, elle avait jugé le dispositif excessif. Il faudrait être un ninja ou posséder des superpouvoirs pour tromper la vigilance de l'armée de gardes postés un peu partout. Mais le fait est que quelqu'un avait réussi et que le bouton était maintenant hors d'atteinte. Que faire ? Battre en retraite ? Impossible sans signaler sa présence. L'homme allait se retourner d'une minute à l'autre. Peut-être avait-il une raison parfaitement valable d'être là. Mais elle n'allait pas lui donner le bénéfice du doute. La sécurité d'une fillette de cinq ans était en jeu. Il faudrait d'abord lui passer sur le corps.

Ce qui ne serait pas difficile, vu leurs carrures respectives.

Pieds nus, elle rasa le mur sans bruit vers la porte de la chambre de la princesse et se positionna devant. Son cœur cognait à tout rompre. Mais l'intrus n'avait toujours pas perçu sa présence. Alors elle s'éclaircit la gorge en rassemblant tout son courage.

— La sécurité arrive.

Dieu merci, sa voix ne tremblait pas.

— Je vous conseille de...

— Une seconde, s'il vous plaît.

Marco détestait être interrompu, surtout quand tout un rayonnage de jouets menaçait de basculer façon dominos. Au moins, la nouvelle nourrice possédait une excellente audition, contrairement à Maeve qui refusait de se faire appareiller, bien qu'elle fût devenue dure d'oreille avec les années. Elle soutenait qu'elle n'en avait pas besoin et se vexait si son interlocuteur haussait la voix.

Un petit cri s'éleva dans son dos lorsqu'une poupée s'enclencha, émettant un pleur étonnamment réaliste. Marco s'empressa de l'éteindre.

— Désolé, dit-il en se retournant.

Non, cette femme ne pouvait pas être la nouvelle nourrice. Son cerveau planta l'espace d'une seconde. Pas ses fonctions primaires. Le sang afflua à son aine malgré son self-control d'ordinaire infaillible. Il détailla de haut en bas la cause de cette anomalie. La jeune femme, petite et menue, flottait dans un T-shirt en coton trop grand, plus propre à décourager le désir qu'à l'attiser. Mais le rai de lumière provenant de l'appartement adjacent suggérait par transparence les pointes brunes des petits seins haut perchés, la vallée de la taille et des hanches, et le triangle sombre entre les cuisses délicieusement galbées. Son teint avait un éclat opalescent, rehaussé par une luxuriante chevelure rousse traversée de reflets d'or qui cascadait autour de son mince visage ovale.

Leurs regards se croisèrent. Elle cilla, et ses lèvres s'entrouvrirent. Des lèvres en pétales de rose, qui lui inspirèrent aussitôt une myriade de pensées déplacées. Pensées qu'il n'aurait pas eues si la nouvelle nourrice de sa fille avait collé à l'image qu'il se faisait d'elle : une version légèrement plus jeune de Maeve, sérieuse et pragmatique jusque dans son apparence. Ses yeux tombèrent sur les pieds nus aux ongles peints d'un vernis à paillettes.

Il releva la tête.

— Vous feriez mieux de poser cela.

Il indiqua du menton le vase en porcelaine qu'elle brandissait, les doigts crispés autour de l'encolure. Le regard de la jeune femme glissa vers son arme de fortune avant de revenir sur lui. Elle baissa le bras, sans pour autant abandonner sa posture défensive.

— Votre seule chance était l'élément de surprise, et vous l'avez perdu, donc...

Le processus de sélection était censé être ultra-rigoureux. Marco fulminait intérieurement. Des têtes allaient tomber, demain. Qui avait jugé qu'une femme aussi jeune ferait une nourrice convenable ?

Jeune et terriblement attirante.

La voix grave aux inflexions sardoniques arracha Kate à sa transe. Depuis combien de temps le fixait-elle ainsi comme une idiote ? C'est tout juste si elle ne bavait pas !

— Vous pouvez le jeter par terre, si vous voulez. Je suis assuré, et de toute façon ce vase est hideux.

Avec précaution, elle reposa le vase là où elle l'avait pris sans même s'en rendre compte, entre deux rangées de livres. Pour ce qui était de faire bonne impression, c'était mal parti.

— D... Désolée, bégaya-t-elle. J'ignorais que c'était vous, Votre...

Elle hésita. Comment était-elle censée l'appeler ?

— Majesté ?

Car c'était bien lui, le prince Marco Zanetti. Son nouvel employeur. Chacune de ses déclarations était décortiquée *ad nauseam* dans tous les médias. Son physique avantageux suscitait plus d'intérêt encore. Une photo de lui torse nu valait une petite fortune. Ou même tout habillé, tant il se faisait discret. Son visage frôlait la perfection avec ses pommettes saillantes, ses yeux gris acier et sa bouche divinement sensuelle. Un opposant l'avait même qualifié de *trop* parfait. Kate était tentée d'être d'accord.

Pendant un an, à la suite de la mort en couches de sa femme, il avait totalement disparu de la circulation. Une ou deux photos de lui, l'air abattu, les traits creusés par le chagrin, étaient tout ce qu'avait eu à se mettre sous la dent un public bouleversé par ce prince éploré, devenu un héros tragique malgré lui.

« Peut-on surmonter la perte de son premier amour ? »

« Comment réapprendre à aimer ? Témoignages et conseils de lecteurs qui ont traversé la même épreuve. »

« Le prince Marco fait-il passer sa fille avant son bonheur ? »

« L'hypnose et un régime sans glucides m'ont aidée à remonter la pente après une rupture douloureuse. Cette méthode pourrait sauver le prince. »

Les gros titres, du plus banal au plus inepte, partageaient tous le même thème. Qui sait ? Peut-être l'objet de ces articles

les avait-il lus, car il avait bel et bien fini par tourner la page. Un an après la tragédie, Marco Zanetti avait brusquement refait surface. Son nom n'avait pas tardé à être associé à ceux d'une ribambelle de ravissantes jeunes femmes. La durée de ces liaisons variait, d'une nuit à une semaine, jamais plus longtemps. Malgré la discrétion du prince, chacune de ses conquêtes soulevait d'intenses spéculations. Était-elle la nouvelle future reine de Renzoi ? Sa vie privée se retrouvait étalée dans les médias, impitoyablement passée au crible. Kate frémissait rien que d'y penser. Cela n'empêchait pas les candidates de continuer à se bousculer, visiblement prêtes à payer le prix fort pour les faveurs de...

Son Altesse ?

Bon sang, pourquoi cela ne lui revenait-il pas ? Elle s'était pourtant renseignée sur la manière de s'adresser au prince. Peut-être était-ce sa nature égalitariste qui s'élevait contre l'usage de titres ? Elle avait déjà décidé qu'elle ne s'inclinerait devant personne.

Le mieux était encore de contourner la difficulté.

— Vous êtes le père de Freya, n'est-ce pas ? J'ai entendu du bruit, alors...

— Et vous êtes ? l'interrompit-il avec hauteur.

Kate détestait l'arrogance. Il n'était pas du tout son genre. Le physique comptait, oui. Mais elle préférait les hommes gentils et sensibles. Cependant, force lui était d'admettre qu'il était mille fois plus séduisant en personne que sur les photos. L'objectif savait capturer ce qui faisait sa beauté : les traits aristocratiques, le nez aquilin, le regard pénétrant. Et cette bouche à se damner, objet de tant de fantasmes. Elle s'était attendue à être déçue en le rencontrant en vrai. Mais la réalité était qu'aucune photo ne lui rendrait jamais justice. Aucune ne révélait l'aura de virilité brute émanant de lui, ni son charisme à couper le souffle. Elle leva le menton dans un effort pour recouvrer un semblant de dignité. Il fallait espérer qu'il ait le sens de l'humour... Ce que sa mine austère ne laissait pas présager.

— Je suis Kate Armstrong, la nouvelle nourrice.

Elle tendit une main, qu'il ignora. Mortifiée, elle l'abandonna contre sa cuisse. Peut-être était-ce illégal de toucher une personne de sang royal ?

— Dois-je faire la révérence ?

La question lui avait échappé. Le prince posa le regard sur son col lâche.

— Mieux vaut éviter.

Kate eut envie de disparaître dans un trou de souris. Elle avait oublié qu'elle était en chemise de nuit ! Un T-shirt tout à fait sage, Dieu merci.

— J'apprécie votre volonté de protéger Freya. Mais contentez-vous d'appuyer sur le bouton d'alarme, la prochaine fois.

Ses joues s'empourprèrent. Elle maudissait sa capacité à la faire se sentir complètement stupide.

— Oui, bien sûr. Comptez sur moi.

Sauf qu'il n'y aurait pas de prochaine fois. Elle ne lui donnerait pas une autre occasion de se gausser d'elle. Et puis elle avait une excuse.

— Désolée. Je n'arrivais pas à dormir. Il fait une telle chaleur...

Elle tira sur son col, d'un geste plus provocant qu'elle ne semblait en avoir conscience.

— Un orage se prépare, dit Marco.

Le désir fusa dans ses veines. Il releva les yeux et s'attarda sur ses lèvres pulpeuses, promesse d'infinis délices...

Bon sang, qu'est-ce qui lui arrivait ? Ce n'étaient pas les jolies employées qui manquaient au palais. Marco était un farouche défenseur de la parité au travail. Mais il avait une règle d'or, que son père aurait gagné à appliquer, lui aussi : pas de rapprochement avec quiconque l'appelait Votre Majesté, monsieur ou, dans ce cas précis, « le père de Freya ».

Ce qui le dérangeait, ce n'était pas l'incontrôlable attraction qu'elle suscitait en lui avec sa crinière incendiaire et sa bouche sexy. Non. Le problème était qu'elle n'avait pas le profil du poste. Elle était trop jeune et serait une tentation permanente pour ses employés masculins moins autodisciplinés. Il voulait quelqu'un apportant calme et stabilité à sa fille. Même si le manque de spontanéité de Freya, qui n'enfreignait jamais aucune règle, le tracassait par moments. Assez pour qu'il interroge sa mère à ce sujet.

« Freya est un amour. J'aime beaucoup nos petites discussions. Elle n'est pas du tout comme toi. Quel sang d'encre j'ai pu me faire, à me demander quelle nouvelle bêtise tu mijotais ! »

Cette réponse l'avait rassuré. Non qu'il eût souvenir qu'elle se soit jamais inquiétée pour lui. Cette tâche incombait à Maeve. Rien n'atteignait sa mère, qui avait choisi de fermer les yeux sur tout ce qui pouvait troubler sa sérénité. Y compris les liaisons de son mari au palais.

Kate frissonna. Elle n'avait jamais aimé les orages. Mais elle n'était pas certaine que l'électricité dans l'air soit uniquement due aux conditions atmosphériques.

— Combien de temps dure votre période d'essai, mademoiselle Armstrong ?

Elle fronça les sourcils.

— Ma période d'essai ?

La journée avait été longue, et son nouveau patron la déstabilisait. Elle fouilla dans sa mémoire. Son contrat contenait bien une clause à ce sujet, à laquelle elle n'avait guère prêté attention sur le moment.

— Six mois, pourquoi ? Oh...

Le jour se fit dans son esprit.

— J'ai conscience qu'un enfant a besoin de stabilité. Je ne vous laisserai pas en plan, assura-t-elle. Je suis toute à vous jusqu'à ce que Freya commence officiellement l'école.

Sept ans, cela lui paraissait tardif. Mais le monde entier n'enviait-il pas à Renzoi son système éducatif ? Elle était venue ici pour apprendre. C'est donc exactement ce qu'elle ferait.

— Vous êtes toute à moi ?

Un nouvel éclair de désir traversa Marco. Il n'y avait qu'une seule explication à cet étrange chaos hormonal. Obnubilé par le travail, il avait délaissé sa vie privée, ces derniers temps. Il devrait faire un effort... Mais c'était bien cela, le problème. Il n'avait aucun effort à faire. Les femmes qui lui plaisaient lui tombaient toutes dans les bras, simplement parce qu'il était le prince. C'était devenu si prévisible... Séduire avait perdu toute saveur. Le frisson avait cédé la place à l'ennui. Le temps de quelques heures, il s'oubliait dans le plaisir. Mais, après l'orgasme, sa culpabilité revenait de plus belle, creusant en lui un vide toujours plus grand.

Kate surprit le geste du prince, qui caressait distraitement du pouce son alliance, symbole de ce qu'il avait perdu. Cela ne rendait pas ses moqueries plus acceptables, ni la situation moins embarrassante.

— Je suis votre employée, dit-elle. Je préférerais discuter de mon rôle pendant les heures de travail plutôt qu'en pleine nuit. La fatigue du décalage horaire pourrait me faire dire des choses que je risquerais de regretter.

Peut-être venait-elle déjà de le faire, à en juger par l'air abasourdi du prince. Mais elle était trop exténuée pour s'en soucier.

— Bonne nuit. Encore désolée de vous avoir dérangé, Votre...

Un violent coup de tonnerre l'interrompit. C'était si soudain qu'un cri lui échappa. Elle sursauta et fit un pas vers le prince, instinctivement attirée par le réconfort de son large torse. *Ressaisis-toi, ma vieille !* Elle avait entendu parler du magnétisme de certains hommes. Ce soir, pour la première fois, elle l'expérimentait personnellement.

Elle tremblait. Marco voyait les spasmes agitant son corps frêle. Son exaspération retomba, bien qu'il eût toutes les raisons de lui en vouloir. Kate Armstrong n'avait pas sa place dans sa vie bien réglée, comme une pièce en trop qui faussait l'harmonie de l'ensemble.

— Vous avez peur de l'orage ?

Inexplicablement, il s'imagina l'enlaçant tandis qu'elle se blottissait contre lui. Tout ce qu'il décourageait en temps normal. Dans sa quête de partenaires, il était passé maître dans l'art de cerner les femmes sur la même longueur d'onde que lui, adeptes du plaisir sans attaches. Un talent utile, car beaucoup visaient plus – une couronne, par exemple. Marco ne se faisait pas d'illusions. C'était son statut qui les intéressait. Lui venait en bonus. Toutes les femmes qui honoraient son lit avaient un point commun : elles partageaient sa vision du sexe. Elles restaient discrètes, et si leur carrière bénéficiait de l'attention des médias, alors chacun y trouvait son compte.

Kate se braqua face à la compassion du prince.

— Peur de l'orage ? Bien sûr que non !

Plutôt mourir qu'admettre une telle faiblesse. C'en serait une de trop après qu'elle avait découvert l'emprise de son puissant sex-appeal sur elle. Elle se sentait dangereusement vulnérable, tout à coup. Plus consciente de sa féminité qu'elle ne l'avait jamais été, sensible à des forces dont elle ignorait tout jusque-là. Une tension brûlante grandissait entre ses reins. C'était un choc d'éprouver du désir pour un homme qui ne lui inspirait aucune sympathie. Mais patrons et employés n'étaient pas tenus de s'apprécier, n'est-ce pas ? Leur relation resterait de toute façon strictement professionnelle.

— Bonne nuit, Votre Altesse.

Marco regarda la jeune femme s'éloigner, sidéré par ce qui venait de se passer. S'était-il fait rabrouer par une subalterne ? Non, le terme *subalterne* ne convenait pas à Kate Armstrong. Cette femme n'avait aucun sens de la hiérarchie. Voilà qui n'augurait rien de bon.

3

Marco avait espéré un peu plus d'intérêt de la part de son père. Mais ses réponses demeuraient vagues, entre deux tentatives peu subtiles pour clore la discussion. Marco persévéra.

— Reconnais que le droit de primogéniture masculine est totalement dépassé. Il n'est pas juste qu'un garçon passe avant sa sœur aînée dans l'ordre de succession.

— Je t'offrirais bien un thé, mais...

— Non, merci.

Il ne lui rappela pas qu'il détestait le thé et n'en avait jamais bu une seule goutte en trente-deux ans.

Le roi poussa un soupir résigné.

— Je comprends ton point de vue, Marco. Mais cela vaut-il la peine de se mettre les gens à dos ?

— Les gens ? Quels gens ?

Nouveau soupir de son père.

— Tu sais bien que le Conseil ne sera pas d'accord. Ils sont très attachés aux traditions.

Marco se mordit la langue pour ne pas lui rétorquer ce qu'il pensait du Conseil et de son conservatisme.

— Le dernier sondage d'opinion montre que la majorité de la population est favorable à l'idée. Les chiffres...

Son père l'interrompit d'un geste de la main.

— Si tu le dis.

— Donc tu donnes ton accord de principe pour que Freya ait préséance sur mes éventuels futurs fils ?

— Bien sûr. Dois-je comprendre que tu envisages de te remarier ? Tant mieux. Un roi doit avoir une épouse. Sans le soutien de ta mère…

Marco lui jeta un regard en biais qui le réduisit au silence.

— Je ne serai pas roi avant longtemps. Et, quand je le serai, sois assuré que je remplirai mes obligations.

Les dignitaires du palais, « attachés aux traditions » car cela arrangeait leurs affaires, lui reprochaient son anticonformisme. Mais Marco avait été élevé dans le respect du rôle pour lequel il était né. Il aimait son pays et en était fier, c'est pourquoi il acceptait son devoir de se remarier un jour. Ce serait différent, cette fois. Sa femme saurait à quoi s'attendre : une union fondée sur le respect, l'entente et, de préférence, une bonne compatibilité sexuelle. Mais pas un mariage d'amour. Sauf s'il tombait amoureux…

Il secoua la tête. Aucune chance que cela arrive. S'il était capable d'aimer, il aurait aimé Belle. La culpabilité lui tordit les entrailles, comme chaque fois qu'il pensait à sa femme décédée. Belle était partie trop tôt, et les années qu'elle avait passées avec lui n'avaient pas été heureuses. Si elle ne l'avait pas épousé, elle serait encore en vie.

Cela aurait pourtant dû fonctionner entre eux. Ils étaient amis bien avant d'être fiancés. Ils s'appréciaient, se respectaient et partageaient le même point de vue sur de nombreux sujets. Une base solide pour un mariage, plus qu'une émotion illusoire née d'une réaction hormonale passagère. Alors que Belle était adolescente, ses parents avaient divorcé. L'un et l'autre appartenaient à deux des familles les plus influentes de Renzoi. La nouvelle avait déchaîné les passions, et personne n'en était sorti indemne. Ses propres parents, bien que toujours ensemble, ne s'aimaient plus. C'était ce qui les avait rapprochés, Belle et lui. Leur expérience commune d'adolescents confrontés aux frasques de leurs parents.

« Marco, quand nous serons adultes, ne tombons jamais amoureux ! » avait déclaré Belle.

Pas d'amour, pas de cœur brisé. Cette logique s'était enracinée en lui pour devenir sienne. Mais Belle avait grandi. Elle était tombée amoureuse... De lui. Et elle avait espéré que lui aussi finirait par l'aimer. C'était ce qui l'avait tuée.

Au fond, il le savait, mais avait choisi de l'ignorer. Jusqu'à ce qu'elle éclate en sanglots devant lui. « C'est une fille », lui avait-elle annoncé, en larmes. Marco n'avait pas su comment réagir. Lorsqu'il avait tenté de la réconforter, une digue s'était rompue, libérant tout ce qu'elle gardait enfoui en elle. Ses sentiments. Son espoir secret de gagner son amour en lui donnant un fils. Marco lui avait assuré qu'il se moquait du sexe du bébé. Qu'il l'aimerait toujours comme sa meilleure amie et la mère de son enfant.

« Mais jamais comme ta femme, pas vrai, Marco ? »

Quelque chose était mort en elle, à cet instant. Pourquoi n'avait-il pas su faire semblant ? Une vague de dégoût l'envahit – contre lui-même.

La voix de son père le ramena au présent.

— Rosa m'a parlé de la nouvelle nourrice...

Marco se raidit. Lady Rosa, officiellement intendante de la Maison royale... et maîtresse officieuse du roi. Veuve d'un petit aristocrate, elle supervisait le calendrier domestique et mondain du Palais avec une efficacité qui n'avait d'égal que son flegme. Marco l'avait haïe autrefois, quand il croyait encore ses parents heureux en ménage. Aujourd'hui, il prenait les choses avec pragmatisme.

— Ne t'inquiète pas. Je me charge d'y remédier.

Il n'imaginait que trop bien ce que Rosa avait à dire sur la flamboyante remplaçante de sa très chère Maeve.

— Y remédier ?

Son père le regarda avec confusion.

— Rosa applaudit ton choix. Une femme de caractère et une bouffée d'oxygène, pour reprendre ses mots. Un sacré compliment, venant d'elle.

Marco ravala une repartie cinglante. En général placide, le roi ne tolérait aucune critique envers sa maîtresse. La simple mention de Rosa avait déclenché leurs plus violentes disputes durant son adolescence. La façon dont il avait découvert leur liaison n'avait rien arrangé. L'image de son père vautré sur un canapé avec sa maîtresse resterait à jamais gravée dans sa mémoire. Le plus frustrant était que sa mère s'accommodait de cette situation. « Tant qu'elle rend ton père heureux. »

Une illustration parfaite, pour Marco, de l'hypocrisie du mariage et du mal que les gens s'infligeaient au nom de l'amour. S'il n'était pas né, trois personnes auraient été plus heureuses.

Au fil du temps, Marco avait appris à prendre sur lui et à accepter cette situation. Chacun faisait contre mauvaise fortune bon cœur. Ses parents avaient essayé pendant des années d'avoir un enfant. Sans sa conception tardive, ils auraient divorcé sans drame, avec l'approbation du Conseil qui, bien que contre le divorce, savait faire preuve de souplesse quand il s'agissait de préserver la lignée royale. Rosa aurait toutes les raisons de lui en vouloir. Sans lui, elle serait sûrement reine, aujourd'hui.

C'est la vie, conclut Marco en tendant à son père les documents qu'il avait imprimés pour lui, tout en sachant pertinemment qu'il ne les lirait pas. Ce dernier ne chercha même pas à cacher son soulagement quand il prit congé.

De retour dans son bureau, Marco répondit à quelques mails, puis tenta de joindre Luca, avant de se rappeler qu'il lui avait donné sa journée dans un rare élan de générosité. Il revit le regard fuyant de son assistant la veille lorsqu'ils avaient évoqué la nouvelle nourrice. Luca avait-il un faible pour la nouvelle employée ? Il était grand temps que Marco s'occupe du problème. Pourquoi était-il le seul à se rendre compte qu'il y en avait un ? Une vision de longs cheveux roux et de courbes suggérées traversa son esprit. Malgré ses références irréprochables, cette femme ne convenait pas du tout pour le poste !

Mais elle conviendrait pour ton lit ?

Lâchant un juron, Marco se remit au travail.

Avec le recul, Kate convenait qu'elle aurait pu mieux gérer la situation. Avait-elle perdu son emploi avant même d'avoir commencé ? Pas très gratifiant sur un CV. Mais, si elle était prête à faire comme si rien ne s'était passé, peut-être son employeur l'était-il aussi ? Lui non plus n'avait pas donné la meilleure image de lui-même.

Quoi qu'il en soit, elle s'en tiendrait à ce pour quoi elle était payée. Fantasmer sur son nouveau patron n'était pas une option envisageable. Certes, il était très séduisant. Et, à l'évidence, il en jouait. Elle eut aussitôt honte de ce jugement à l'emporte-pièce. Tout cela parce qu'il lui faisait de l'effet. Peut-être était-il vain. Peut-être pas. Ce qui était sûr, c'est qu'elle ne se laisserait pas amadouer par son passé tragique. Ni par son corps d'athlète ou ses lèvres sensuelles. Cela dit, où était le mal à regarder ? Tant qu'elle savait quand s'arrêter.

Une petite table occupait une alcôve dans la nursery. Le coin lecture, lui expliqua Freya avec un grand sérieux, précisant que ce devait être un endroit calme. Une règle apparemment assez stricte pour l'inciter à baisser la voix.

— J'ai débarrassé moi-même après avoir fini de manger, ajouta-t-elle avec fierté.

— Tu prends toujours ton petit déjeuner ici ?

La fillette acquiesça. Kate éprouva une soudaine nostalgie. Ses petits déjeuners au même âge étaient tout sauf calmes, théâtres d'incessantes chamailleries plus ou moins bon enfant. Bien sûr, les choses avaient changé à mesure qu'elle et Jake grandissaient. Le moment convivial avait cédé la place à un chassé-croisé pressé. Kate se contentait d'avaler une tranche de pain à la va-vite avant de filer prendre son bus, poursuivie par les remontrances de sa mère lui criant que le petit déjeuner était le repas le plus important de la journée.

L'émotion lui noua la gorge. Ils ne roulaient peut-être pas sur l'or mais, en comparaison de celle de cette petite princesse, leur richesse était immense.

Et tu as tourné le dos à tout cela au nom de tes stupides principes.

Kate scotcha un sourire sur ses lèvres. Sa réaction était justifiée. Ils lui avaient tous menti, et c'était *elle* que Jake accusait d'être déraisonnable !

— Avez-vous bien déjeuné ? demanda Freya.

— Très bien, merci.

Elle avait eu du mal à localiser le réfectoire du personnel. Son entrée avait fait d'elle le point de mire de tous les regards, certains amicaux, d'autres moins. Des chuchotements avaient parcouru la salle lorsqu'elle s'était assise en face d'une domestique de la nursery croisée la veille. La jeune fille elle-même avait paru surprise et lui avait expliqué qu'elle avait le droit de s'asseoir à la table du fond. Kate l'avait fixée avec des yeux ronds, avant de remarquer qu'uniformes et tenues civiles ne se mélangeaient pas. Le placement à table reflétait l'ordre hiérarchique, avait-elle fini par comprendre. La nourrice était donc plus haut gradée qu'une simple domestique ? Kate s'était esclaffée, décrétant qu'elle était très bien là où elle était. La nourriture avait beau être exquise, ce système était digne du Moyen Âge !

Tout comme laisser une fillette de cinq ans manger seule dans la nursery.

— Tu prends tous tes repas ici ? s'enquit Kate.

Une domestique apparut avec le plateau qu'elle avait demandé plus tôt.

— Merci. Posez-le là, s'il vous plaît.

— Oh ! non, répondit Freya. Je vais souvent déjeuner avec mamie.

Elle posa un regard anxieux sur le plateau.

— Ce n'est pas l'heure de manger des gâteaux...

Kate se retint de serrer dans ses bras cette petite fille bien trop sérieuse pour son âge.

— Disons que c'est une exception pour fêter mon arrivée, déclara-t-elle avec un clin d'œil. Ta mamie a l'air gentille.

— Oui, et papi aussi. Il m'emmène pique-niquer dans les jardins. Mais je me salis les genoux, et Maeve n'aime pas cela. Papi dit que ce n'est pas grave, que lui aussi se salit tout le temps. Mais c'est le roi. Personne ne le gronde. Papa deviendra roi après lui, puis mon frère si j'en ai un. Il peint, vous savez, papi...

Elle se pencha vers elle d'un air de conspirateur.

— Il n'est pas très doué. Mais mamie dit que je dois l'encourager, alors je fais semblant d'aimer ses tableaux.

Kate écoutait ces confidences candides en se demandant si le prince ne gagnerait pas à s'inspirer de cet étrange couple royal.

— Et papa ? Tu manges avec lui parfois ?

— Papa est très occupé.

Une excuse qu'elle avait dû souvent entendre et répétait mot pour mot. Décidément, le prince était encore plus idiot qu'elle ne le pensait.

— Maeve dit qu'il a des choses importantes en tête et que je ne dois pas le déranger.

Kate sentit la moutarde lui monter au nez. Des choses importantes en tête ? Comme sélectionner le prochain top model à mettre dans son lit ? Sa réputation ne parlait pas en sa faveur. Mais elle garda pour elle son opinion de cet homme trop *occupé* pour passer du temps avec sa fille.

— Eh bien, moi, j'ai très envie d'un gâteau. Penses-tu qu'on puisse m'apporter une chaise ?

— Il suffit de sonner pour avoir tout ce que vous voulez.

C'était la chose la plus triste que Kate ait jamais entendue. De fait, une chaise arriva comme par magie quelques minutes plus tard. Mais aucune sonnette n'apporterait à Freya ce dont elle avait besoin. Était-ce trop demander, un père qui se soucie d'elle ?

La seconde chaise était une chaise d'enfant identique à celle qu'occupait Freya. Kate s'assit dessus avec force contorsions comiques. La fillette gloussa et se couvrit aussitôt la bouche, comme si elle craignait de se faire réprimander.

— Tu crois que je vais la casser ?

Au moins, sa décence était sauve. Elle avait opté pour une jupe-culotte confortable plutôt qu'une jupe, assortie à un chemisier en soie bleu plus foncé, rentré dans la ceinture froncée. Une tenue à la fois professionnelle et pratique. Si son métier lui avait appris une chose, c'était de savoir rester flexible, et pas seulement sur le plan physique. Travailler avec de jeunes enfants était un défi de chaque instant. Leur esprit libre d'idées préconçues avait le don d'ébranler les certitudes les mieux ancrées.

Freya esquissa un sourire timide.

— Tant pis si elle casse. Je dirai que c'est moi. Personne ne me criera dessus. Ils seront juste déçus.

Cette réponse lui fendit le cœur. Voilà qui brossait un portrait peu flatteur de l'autre nourrice. Quant au père, il avait tout du diable en personne. Rien d'étonnant à ce qu'il soit aussi séduisant. N'était-ce pas le propre du diable d'incarner la tentation et d'inciter à la débauche ?

— Avez-vous chaud ?

La question innocente accentua le feu de ses joues. Vivement, elle chassa les images qu'avait fait naître dans son esprit la notion de débauche associée à Marco Zanetti.

— Non, il fait bon, ici, répondit-elle. Ne t'inquiète pas, la chaise ne cassera pas. Je suis très légère. Mon frère dit que sans mes cheveux je ne pèserais rien du tout !

Elle ravala la boule d'émotion qui lui montait à la gorge.

— Viens, approche ta chaise, que nous goûtions à ces pâtisseries.

Freya se mordit nerveusement la lèvre.

— Les gâteaux, c'est mauvais pour les dents.

— Mais toi tu as d'excellentes dents, pas vrai ?

La fillette sourit avec fierté.

— Et un très joli sourire, ajouta Kate. Désolée, je ne voulais pas te mettre dans l'embarras. Comme c'est mon premier jour, j'ai pensé que nous pourrions être un peu moins sages...

Les yeux de la princesse s'arrondirent. Elle secoua la tête.

— Je suis toujours sage. Comme papa à mon âge. C'est ce que dit Maeve.

Le rejeton du diable. Marco se rappelait distinctement sa nourrice le surnommer ainsi en plus d'une occasion. Il se retint de rire, soucieux de ne pas trahir sa présence derrière la porte entrebâillée. Kate, elle, s'esclaffa avec une franche hilarité. Son rire était grave et mélodieux, avant qu'elle le couvre d'une fausse toux devant l'expression ébahie de Freya. La jeune femme lui tournait le dos, et des reflets dansèrent dans ses cheveux de feu.

— Ton papa a-t-il de bonnes dents, lui aussi ?

Kate connaissait la réponse à cette question. Son Altesse Parfaitissime avait les dents les plus blanches qu'elle ait jamais vues ! Ses rares sourires faisaient des ravages – et il le savait. Elle s'exhorta à la tolérance. Prince et fils unique couvert de louanges depuis sa naissance, il ne pouvait être qu'imbu de lui-même. Sa fille, sans doute élevée dans l'adoration de son père, le plaçait sur un piédestal. Kate savait comment cela finissait, quand les personnes qu'on idolâtrait révélaient leurs pieds d'argile. Elle avait de la peine pour Freya, touchée par sa solitude et l'inévitable désillusion qui l'attendait. C'est pourquoi elle était résolue à tout faire pour égayer son quotidien en lui réapprenant à rire et à lâcher prise.

— Papa ne mange jamais de sucreries, répondit Freya. Enfin... je crois. Il n'aime pas ça.

Voyez-vous cela. Ses préférences allaient ailleurs, songea Kate avec dédain. D'après les réseaux sociaux, ce qu'il aimait, c'étaient les voitures de sport et les femmes sophistiquées. Blondes, brunes ou rousses, peu importait, tant qu'elles avaient la taille mannequin. Elle glissa derrière son oreille une mèche échappée de sa queue-de-cheval. Rien ne l'agaçait plus que le terme *irrésistible* accolé au nom de telle ou telle personnalité. Dans le cas de Marco Zanetti, l'usage semblait carrément être entré dans la langue courante. Peut-être lui pardonnerait-elle sa beauté hors du commun s'il consacrait plus de son précieux temps à s'occuper de sa fille qu'à étoffer son tableau de chasse. Elle sentit son cœur se serrer à la pensée du jour où Freya découvrirait que ce père qu'elle adulait était loin d'être aussi parfait qu'elle le croyait.

— Et toi, aimes-tu les sucreries ? demanda-t-elle. Plutôt gâteaux, bonbons ou chocolat ?

— Je ne sais pas.

Kate mit quelques secondes à comprendre que cette réponse était littérale. Freya ne savait réellement pas. Elle n'eut soudain plus aucun scrupule à l'idée d'enfreindre les règles parentales.

— C'est vrai que c'est important de prendre soin de ses dents...

Elle lui montra les siennes, blanches et alignées.

— Moi, j'adore le chocolat. J'en prends même au petit déjeuner quand c'est mon anniversaire.

Freya la regarda comme si elle avait affaire à un extraterrestre.

— Vous mangez du chocolat au petit déjeuner ? répéta-t-elle, apparemment partagée entre horreur et admiration.

— Les anniversaires sont des occasions spéciales, non ? Où est le mal à se faire plaisir de temps en temps ?

4

Marco entra sans bruit dans la pièce, alors que Kate enfournait une pâtisserie entière dans sa bouche, devant une Freya médusée.

— Mmh, délicieux, dit-elle en se léchant les babines.

— Vous avez du sucre sur le nez ! gloussa Freya.

Il s'arrêta net. À quand remontait la dernière fois qu'il avait entendu sa fille *glousser* ? Outre son regard, qui avait toujours quelque chose d'accusateur pour lui, sa gravité était ce qui lui rappelait le plus sa mère. C'était pour cette raison qu'il limitait ses contacts avec sa fille. Mieux valait être un père distant qu'un monstre incapable de lui rendre son amour. Un amour qu'il ne méritait pas. Peut-être était-ce héréditaire ? Lui aussi se souvenait du jour où il avait découvert que son père n'était pas un héros. Il épargnerait à Freya cette désillusion.

Qui essayes-tu de protéger ? Elle ou toi-même ?

Ni sa fille ni Kate ne l'avaient encore remarqué. La jeune femme renversa la tête en arrière et tenta d'atteindre son nez avec sa langue en louchant. Freya tomba de sa chaise de rire.

— Alors ? Je l'ai eu ?

— Laissez-moi faire.

Kate sursauta et tourna la tête, juste au moment où le prince s'accroupissait près d'elle. La surprise la pétrifia. Il était si proche qu'elle distinguait la fine cicatrice blanche sur sa joue. Sa présence l'enveloppait, de la chaleur de son corps à son odeur résolument masculine. Des papillons voletèrent dans son ventre. Du bout du pouce, il préleva le grain de sucre au coin de son nez. Leurs regards se croisèrent, puis il se redressa. La scène n'avait duré que quelques secondes, juste assez longtemps pour la plonger au bord de la syncope. Seigneur, ses hormones choisissaient vraiment le pire moment pour sortir de leur hibernation !

— Merci.

Cette fois, elle évita son regard. Freya, elle, cherchait désespérément à attirer l'attention de son père. Elle n'attendait qu'une chose, se jeter à son cou. Pourquoi ne le voyait-il pas ? Cela sautait aux yeux ! Mais il ne daigna pas ouvrir ses bras, et le sourire de la fillette s'estompa. Une colère sourde libéra Kate de sa transe. Quel genre de personne traitait son enfant avec une telle indifférence ?

— Bonjour, Freya. J'espère que tu es sage.

Elle écouta, atterrée, l'échange guindé entre le père et sa fille. Si elle était sage ? Bon sang, elle l'était beaucoup trop !

— Bonjour, mademoiselle Armstrong. Avez-vous bien dormi ? J'imagine que non.

Faisait-il allusion aux cernes sous ses yeux ? Très classe. À moins qu'il n'ait deviné quel type de rêves était venu troubler son sommeil chaque fois qu'elle s'endormait ? Rêves qu'elle mettait sur le compte de l'épuisement après son très long vol.

Elle leva le menton.

— J'ai très bien dormi, merci. Et vous ?

Marco admira la fluidité avec laquelle la jeune femme se leva. Son apparente gaucherie n'était qu'un numéro pour amuser sa fille. Elle semblait sortir tout droit d'une peinture de Degas, pareille à une de ces ballerines à la grâce aérienne à qui on aurait insufflé la vie.

La franchise était rare dans son entourage. Aucune femme ne comptait parmi les quelques personnes osant lui tenir tête. Surtout pas sa mère, qui ne voyait que ce qui l'arrangeait. Mais même ses détracteurs ne l'avaient jamais toisé ouvertement comme Kate Armstrong le faisait en cet instant, ses yeux d'ambre flamboyants de colère.

Le prince la dominait de toute sa hauteur. Il n'y avait pas qu'en taille qu'il avait l'avantage. Kate n'était pas impressionnée pour autant. Qu'y avait-il de remarquable à être favorisé par le sort ? Ce n'était que de la chance. Ce serait différent s'il avait d'autres mérites, comme être un père aimant et attentionné, par exemple. Marco Zanetti était le genre d'homme à supposer que toute femme perdait le sommeil à sa vue. Bon, elles étaient sûrement nombreuses à rêver que le prince de Renzoi les empêche de dormir. Mais c'était moins sa suffisance qu'elle méprisait que sa froideur envers sa fille. Raison de plus pour rester parfaitement professionnelle lors de leurs interactions, avait-elle décidé. C'était la meilleure conduite à adopter face à des hommes comme lui.

Non qu'elle eût beaucoup d'expérience en la matière. Ses yeux s'égarèrent malgré elle vers sa bouche sculptée. Son sourire en coin alluma des étincelles sous sa peau. Elle était comme envoûtée. Cela pourrait rapidement devenir une addiction. Il lui évoquait un animal sauvage dont la beauté fascinait malgré le danger qu'elle recelait.

Danger qui ne la concernait pas, d'après une conversation ayant eu lieu pendant le petit déjeuner, déclenchée lorsqu'un jeune homme plutôt beau garçon lui avait fait de l'œil en passant devant la table où elle était assise.

— Je suis sortie avec lui, avait déclaré une des filles présentes. Sympa pour s'amuser un peu, mais pas si tu cherches quelque chose de sérieux.

Des confidences qui avaient fait pouffer toute la tablée. Kate l'avait remerciée du conseil, précisant qu'elle ne cherchait ni l'un ni l'autre. Personne ne l'avait pas crue, et les jeunes femmes s'étaient mises à énumérer des candidats susceptibles de la faire changer d'avis.

— Dommage, Luisa a mis le grappin sur le plus canon…

Luisa s'était rengorgée en exhibant la bague à son annulaire.

— Mais même lui n'arrive pas à la cheville du prince.

— Ah bon ? Certaines sont sorties avec lui ?

Toutes les têtes s'étaient tournées vers Kate.

— Le prince est un gentleman. Il ne s'acoquine pas avec ses employées.

— On comprend pourquoi, avait lâché quelqu'un à voix basse.

Les filles avaient échangé des regards lourds de sens, tandis que Kate manquait de s'étouffer avec ses céréales. Marco Zanetti, un gentleman ? Elle aurait tout entendu !

— L'orage d'hier ne vous a pas dérangé ? s'enquit-elle en ignorant son regard moqueur.

Elle ne lui ferait pas le plaisir d'y réagir. Freya se mêla à la discussion.

— Kate n'a rien entendu. Elle a des boules Quies.

— Comment le sais-tu ? questionna son père.

— J'ai dû la secouer pour la réveiller.

— Est-ce que je ronflais ? demanda Kate en riant.

Elle ne dormait pas vraiment. Mais le geste de Freya l'avait fait bondir dans son lit. Elle avait dû avoir l'air aussi effrayée que la princesse dans son pyjama à motifs d'ours en peluche. La fillette avait assuré d'une voix tremblante qu'elle n'avait pas peur de l'orage alors qu'un éclair illuminait la chambre. Les orages n'étaient qu'un simple phénomène scientifique, et le palais était bien protégé. Kate lui avait donné raison. Mais elle avait déclaré avoir quand même un peu peur et demandé à Freya si elle accepterait de lui tenir compagnie un moment. L'air soulagé, la princesse s'était blottie contre elle sous les draps. Au bout d'une heure, elle avait fini par s'endormir et Kate, avec d'infinies précautions, l'avait ramenée dans son lit.

— Les filles ne ronflent pas, affirma-t-elle avec aplomb.

Avant de chercher l'approbation de son père.

— C'est vrai, hein, papa ?

Kate tourna la tête, transpercée par son regard métallique. Un désir insidieux se répandit entre ses reins. Qu'elle le veuille ou non, impossible de détourner les yeux.

— Papa ?

Le charme se rompit. Kate se sentait tellement stupide ! Et plus déterminée que jamais à rester vigilante en présence de Marco Zanetti.

Marco n'entendit pas tout de suite la question de sa fille. La jeune femme n'avait eu qu'à bouger la tête, ses longues boucles rousses ondulant dans son dos, pour que le désir fuse dans ses veines. Comment faisait-elle cela ?

— Je n'ai jamais entendu une femme ronfler, répondit-il enfin.

C'était la vérité. Il n'avait jamais non plus vu une femme sans maquillage. Kate Armstrong n'en portait pas. Peut-être était-ce l'attrait de la nouveauté qui lui donnait l'envie irrésistible de caresser sa peau de lait ? Il ne passait jamais la nuit entière avec ses maîtresses. Le sexe était le sexe. Les câlins et les discussions sur l'oreiller, très peu pour lui. L'intimité après l'amour n'était qu'une illusion. Durant son mariage, Belle et lui faisaient chambre à part. Belle n'avait jamais émis la moindre objection.

Et cela t'étonne ?

— Oh ! moi, je ronfle, déclara Kate.

Marco fronça les sourcils.

— Qui vous l'a dit ?

— Mon frère a toujours prétendu qu'il pouvait m'entendre à travers le mur.

— Vous avez un frère ?

La jeune femme se rembrunit. À l'évidence, il avait touché une corde sensible. Insister ne servirait à rien. Sa carapace était plus épaisse que les murailles du palais. Mais lorsqu'elle le surprit à fixer ses cheveux, qu'il imaginait glissant soyeusement entre ses doigts, il éprouva l'inexplicable besoin de faire diversion.

— Vous ressemble-t-il ? Les cheveux roux, c'est de famille, non ?

— Non, il… Nous sommes adoptés tous les deux.

C'était la première fois qu'elle prononçait ces mots à voix haute. Un aveu pénible qui ne lui valut pour toute réaction qu'un haussement d'épaules désinvolte. Le prince aurait sûrement déjà oublié avant même de quitter la nursery. Se montrait-il seulement poli en faisant la conversation ? Pas vraiment son genre… Surtout avec ses employés. Même ceux autorisés à s'asseoir à la meilleure table du réfectoire.

À la sienne, Kate avait glané d'intéressantes informations. Comme la liste des invités au bal organisé pour le jubilé d'or du roi et de la reine. Un nom en particulier enflammait les spéculations, celui d'un mannequin ayant fréquenté le prince. Kate avait fait mine de partager l'excitation des autres, sans comprendre en quoi cela rendait cette femme spéciale. Les conquêtes du prince étaient loin de former un club fermé, tout sélect qu'il soit. Elle l'aurait catalogué comme simple play-boy si le consensus général n'encensait pas son travail et le vent de changement positif qu'il soufflait sur le pays. Elle réservait donc son jugement pour l'instant.

— J'aimerais bien avoir un frère, dit Freya avec envie. Mais il me faudrait d'abord une maman.

Kate se tournait vers la fillette quand quelque chose

accrocha son regard. Un éclair de douleur dans les yeux gris du prince. Cela ne dura qu'une fraction de seconde avant que le masque retombe. Elle en fut remuée, prise d'une émotion qu'elle n'aurait jamais cru ressentir à son égard… De la compassion ? Il dut le percevoir car son expression se durcit, comme s'il la défiait d'avoir pitié de lui. Aucune chance. Elle se refusait à éprouver la moindre sympathie pour lui. Tout ce qu'il lui inspirait était un profond mépris. Cela ne lui ressemblait pas. Elle n'était pas aussi extrême dans ses émotions, d'habitude. Était-ce cela, l'effet Marco Zanetti ?

Elle baissa les yeux, ne serait-ce que pour échapper à son regard d'acier.

— Je suis désolée…

— Pour quoi ?

Sa voix était plus tranchante qu'un scalpel.

— Pour votre femme, dit-elle en relevant la tête.

Mon Dieu, quand apprendrait-elle à tourner sa langue sept fois dans sa bouche avant de parler ?

Au petit déjeuner, les filles avaient abordé le sujet du bref mariage du prince. Toutes avaient loué sa dignité dans le malheur. Kate s'était retenue de rouler les yeux. Elle regrettait son cynisme après avoir entrevu la souffrance que cachait Marco. Il avait beau être arrogant, il n'en avait pas moins perdu l'amour de sa vie. Son regard glissa vers l'alliance à son annulaire. Bon courage à la prochaine Mme Zanetti. Difficile de rivaliser avec un fantôme. Mais toute femme prête à épouser cet homme devait bien savoir à quoi s'attendre, non ?

Le prince s'éclaircit la gorge.

— Je venais…

— Voir Freya ? suggéra Kate.

Elle devinait que c'était elle qu'il était venu surveiller.

— Vous tombez bien, continua-t-elle sans lui donner l'occasion d'en placer une. Je pensais justement emmener

Freya dehors. Elle et moi allons commencer un collage, cet après-midi.

Elle sourit à la princesse.

— Peut-être papa aimerait-il t'aider à ramasser des feuilles et des brindilles ? Pendant ce temps, je vais chercher les paillettes. Je me demande où elles sont rangées...

— Des paillettes ! lança Freya avec excitation.

— Ne t'inquiète pas. Je vais bien réussir à les trouver.

Sur ces mots, elle quitta la pièce, laissant le père en tête à tête avec sa fille.

Marco regarda la jeune femme s'en aller, admiratif malgré lui. Elle avait du cran, il devait lui reconnaître cela. Qui d'autre oserait le manipuler de la sorte ? Il n'avait pas aimé la pitié dans ses yeux, tout à l'heure. Mais était-ce pire ou préférable à cette sorte... d'*alchimie* qu'il sentait planer entre eux, faute de meilleur terme ? Kate Armstrong était la nourrice de sa fille. Autrement dit, hors limites.

Pour ce qui était de dépasser les limites, elle, en revanche, ne se gênait pas. Il ne souffrirait pas une telle impertinence.

Kate s'adossa au mur du salon, un sourire satisfait aux lèvres. Ses genoux tremblaient sous l'effet de l'adrénaline. Son triomphe fut de courte durée. La porte s'ouvrit brusquement sans que personne n'ait frappé. Marco apparut dans l'embrasure.

— Je crois savoir où sont les paillettes. Je reviens dans une minute, lança-t-il à sa fille avant de fermer la porte.

Il ne tourna pas autour du pot.

— Des *feuilles* et des *brindilles* ? Épargnez-moi votre psychologie d'institutrice, mademoiselle Armstrong. C'est peut-être efficace sur des enfants de cinq ans. Mais les adultes vous dépassent.

Kate se détacha du mur. Elle détestait les confrontations. Mais pas question de courber l'échine.

— Je ne vois pas de quoi vous parlez.

— Cessez de faire l'idiote, lança Marco d'un ton réprobateur. Vous n'avez pas d'ordre à me donner. Vos petites ruses ne seront pas tolérées. Votre seul rôle ici est de créer un environnement éducatif stimulant pour Freya. Rien en dehors de la nursery ne vous concerne.

Kate vit rouge.

— Bravo, vous m'avez bien remise à ma place, rétorqua-t-elle.

Comme si elle risquait de l'oublier, sa place, dans un endroit où l'on vous jugeait à la table où vous mangiez.

— Vous avez raison. Freya est tout ce qui me concerne. Je n'ai que faire de vous, en dehors de votre influence sur votre fille. Elle recherche désespérément votre attention. Ne voyez-vous pas que tout ce qu'elle veut, c'est que vous vous souciiez d'elle ?

Marco n'aurait pas été plus sonné si on l'avait passé à tabac. D'une seule tirade, Kate l'avait envoyé au tapis, sans lui laisser la moindre chance.

— Ne me dites pas comment élever ma fille, gronda-t-il en guise d'avertissement.

Mais la jeune femme ne perçut pas le danger.

— Ce n'est pas sa faute si sa mère est morte. Que penserait votre femme si elle voyait…

Son sang-froid le déserta. Aveuglé par la rage, il fondit sur elle, les poings crispés.

— Que genre de père sans cœur je suis ?

Elle recula comme si elle avait peur de lui. Son attitude se fit plus conciliante.

— Je sais que vous êtes quelqu'un de très occupé. Mais

les enfants grandissent si vite... Passer du temps avec eux à cet âge est une chance. N'attendez pas qu'il soit trop tard.

Marco serra les dents sans répondre.

— Ne pourrait-elle pas au moins avoir plus de contacts avec des camarades de son âge ? Elle a besoin...

De ce qu'il était incapable de lui donner.

— Freya est très seule. N'y a-t-il pas d'autres enfants au palais avec qui elle puisse jouer ?

— Vous outrepassez vos droits, siffla Marco.

Kate pâlit et se tut. Ce n'était pas son problème. Pourquoi le serait-ce ? Cette femme avait le don de s'insinuer entre ses défenses. Peut-être est-ce pour cela que la suite lui échappa.

— Je me moque de votre opinion de moi. La mère de Freya n'est pas là. Je suis le seul parent qu'elle ait jamais connu.

Kate chancela sous le regard assassin du prince.

— Pardon ?

— Sa mère n'a même pas eu le temps de la serrer dans ses bras !

— Je suis désolée.

— Une fois de plus. Vous voulez savoir s'il y a d'autres enfants ? Freya a des cousins. Ma femme avait trois frères.

— Dans ce cas...

— Nous ne sommes plus en contact.

Kate haussa un sourcil inquisiteur, auquel le prince répondit par un soupir agacé.

— Les parents de ma femme, membres de deux des plus puissantes familles de l'île, ont divorcé il y a quinze ans, expliqua-t-il. Depuis, les deux clans sont en conflit ouvert. Il n'y a qu'une seule personne qu'ils haïssent encore plus.

— Vous ? Pour quelle...

Elle se mordit la lèvre.

— Cela ne me regarde pas.

— Votre tact vous honore, dit Marco d'un ton railleur.

Seigneur, ce qu'il lui était insupportable ! Mais il était le futur roi. Et accessoirement son patron.

— Donc vous connaissiez votre femme avant...

— Avant qu'elle le devienne ? Oui. Nous étions des amis d'enfance.

Son apparent détachement rendait l'aveu encore plus déchirant. Kate se sermonna. Que lui prenait-il de compatir avec cet homme ? C'était plutôt sa future femme qu'elle devrait plaindre. À l'évidence, il était toujours amoureux de la mère de Freya.

— Peut-être pourrions-nous nous concentrer sur ma fille ? suggéra-t-il sèchement.

— Je suis on ne peut plus d'accord, répondit-elle. Alors mettez vos inimitiés personnelles de côté et contactez votre belle-famille, puisqu'il est question de Freya et non de vous.

Un nerf tressauta sur sa joue. Il était clair qu'il se sentait insulté.

— Protéger Freya a toujours été ma priorité, tonna-t-il.

Kate carra les épaules pour se donner du courage. Il était réellement intimidant quand il se mettait en colère.

— Ravie de l'entendre. Ces cousins, quel âge ont-ils ? Comment s'appellent-ils ?

— Aucune idée.

Sa consternation dut se lire sur son visage, car il jura dans sa barbe.

— Je me renseignerai. À la mort de ma femme, son père a blâmé Freya. Il a eu des mots qu'il aurait tout intérêt à ne jamais répéter.

La menace dans ses yeux la fit frissonner.

— Je suis sûre qu'il les regrette aujourd'hui. Dans la douleur, nos paroles dépassent souvent notre pensée.

— Vous l'excusez ?

— Pas du tout !

Elle déglutit, consciente d'avancer en terrain miné. La voix de son frère résonna dans sa tête. « *Rien n'est tout noir ou tout blanc, Kate.* » C'était comme s'il se tenait juste à côté d'elle.

— Désolée.

— Encore ?

— J'ai tendance à parler sans réfléchir.

— J'ai remarqué, lâcha Marco. Vous n'avez pas votre langue dans votre poche. J'écouterai ce que vous avez à dire au sujet de Freya, à condition que vos observations se cantonnent au cadre de vos fonctions.

Là-dessus, il retourna dans la nursery. Cette réponse dépassait ses espérances après la façon désastreuse dont elle s'y était prise. Il avait raison : maintenir une distance professionnelle était impératif. Cela n'avait jamais été un problème jusque-là. Alors pourquoi ne parvenait-elle pas à rester objective face à ce père et sa fille ? Les émotions à fleur de peau, elle le suivit dans la nursery, à temps pour le voir déposer un baiser sur le front de Freya.

— Désolé, ma puce. Je dois y aller.

Une profonde lassitude envahit Marco. Peu importait l'excuse qu'il donnait. La liste interminable de ses responsabilités ne signifiait rien pour sa fille. Il sentit les yeux de Kate dans son dos. Maudite soit-elle ! Mais son seul tort était de pointer l'évidence que personne d'autre n'avait osé soulever : il était un mauvais père, tout comme il avait été un mauvais mari. Peut-être était-ce son courage qui lui avait délié la langue. Dans le feu du moment, il avait évoqué des détails de sa vie privée qu'il n'avait jamais révélés à qui que ce soit.

L'étau de la solitude lui comprima la poitrine. Il pressa un autre baiser dans les cheveux de sa fille et croisa le regard de Kate. Il n'était pas homme à accorder sa confiance au premier venu. Pourtant, d'instinct, il sut que son secret – n'importe quel secret – serait bien gardé avec elle.

— À plus tard, Freya. Sois gentille avec…

Ta nourrice ? Le mot refusait de franchir ses lèvres.

— ... Mlle Armstrong.

Il salua la jeune femme d'un signe de tête et s'en alla.

— Alors, qu'as-tu envie de faire maintenant ? Jouer à un jeu ? s'enquit Kate.

— Je lis toujours une histoire à cette heure. Je sais très bien lire, annonça Freya, fière d'elle.

En l'écoutant, Kate sentit un doute s'emparer d'elle. Elle pratiqua un test, qui confirma ses soupçons. Comment était-ce possible ? La fillette démontrait un niveau de lecture avancé pour son âge. En réalité, elle ne savait pas lire un mot. Elle avait simplement mémorisé le texte par cœur.

5

Kate établit une liste des changements qu'elle comptait appliquer dès que l'opportunité s'en présenterait. Sa priorité était d'abolir l'adhésion stricte à un emploi du temps. Un tel cadre avait un côté rassurant, mais pouvait devenir étouffant et contre-productif s'il était trop rigide. Elle tâta le terrain en proposant quelques options alternatives à leur routine habituelle, suscitant la confusion chez le personnel de la nursery autant que chez Freya. Ce n'était pas gagné. Faire bouger les choses allait exiger beaucoup de tact et de diplomatie.

Pas vraiment ses points forts, comme l'avait prouvé l'épisode de la veille. Mais Kate était déterminée. *Butée*, dirait quiconque la connaissait. Être une tête de mule avait ses avantages.

Le deuxième soir, elle passa à l'action. Lorsque les deux domestiques de service arrivèrent après le coucher de Freya, Kate leur demanda de ne pas toucher au désordre sur la table où la fillette fabriquait son collage. Les deux jeunes filles eurent un regard nerveux vers l'étalage de feuilles et de paillettes gluantes, avant d'acquiescer timidement. Une victoire, après leur syncope quand elle avait insisté pour qu'elles l'appellent par son prénom. Petit à petit, elle finirait par obtenir gain de cause !

De retour à son appartement, elle décida de sortir explorer

les jardins. Pour l'instant, elle n'avait vu que le terrain de jeux de Freya. Si on pouvait l'appeler ainsi, avec son unique balançoire pour tout divertissement. Kate avait la ferme intention d'y remédier.

Ses projets furent retardés par une visite inattendue. Son cœur s'emballa. Cela ressemblerait bien à Marco Zanetti d'ignorer qu'elle était en repos. Beaucoup moins de frapper à la porte. De fait, ce n'est pas avec un ténébreux géant d'un mètre quatre-vingt-quinze qu'elle se retrouva nez à nez, mais avec une femme d'âge mûr à la silhouette potelée et aux cheveux noirs striés d'argent. Lady Rosa, intendante de la Maison royale, avait été son comité d'accueil à son arrivée au palais. Elle ne s'attarda pas. Elle voulait simplement s'assurer que tout allait bien pour Kate. Avait-elle tout ce qu'il lui fallait ? Y avait-il le moindre problème ?

Il y en avait un. Mais c'était avec le prince qu'elle avait besoin d'en discuter. Quand il daignerait se montrer... Pas une apparition à la nursery de toute la journée. Une attitude qui ne contribuait pas à redorer son blason. Ne voyait-il pas que sa fille se languissait de ses visites ? Kate aurait voulu le secouer comme un prunier ! Peu de chances qu'elle y parvienne, vu comme il était bâti. Les papillons dans son ventre se réveillèrent. Elle s'empressa de revenir au sujet qui la tracassait.

Son absentéisme était frustrant d'un point de vue professionnel. Pour sa part, moins elle le voyait, mieux elle se portait. Mais elle ne laisserait pas ses sentiments personnels affecter son travail. Le problème de lecture de Freya s'était confirmé. Elle était prête à lui présenter ses observations et ses recherches lorsqu'il se déciderait à les honorer de sa présence. Le fait que personne ne s'étonne qu'il ne soit pas passé en disait long. Tout le monde était si compréhensif. Le prince Marco avait beaucoup à faire...

Comme quoi ? Parader avec sa dernière maîtresse au bras ?

Kate retourna à la nursery afin d'informer les filles de l'endroit où elle allait.

— J'ai mon portable sur moi, précisa-t-elle.

— Pas de problème, répondit l'une des domestiques. Mme Fitzgerald aussi avait l'habitude de sortir à cette heure.

Vraiment ? Elle sentit un rire lui monter à la gorge à l'idée de la vieille nourrice s'éclipsant pour un rendez-vous coquin. Kate s'imagina en faisant autant, avec un partenaire bien particulier...

— Un problème, mademoiselle Arm... Kate ?

Le sang afflua à ses joues.

— Non, non. Tout va bien.

Kate n'avait entrevu qu'une partie du parc royal, bien plus étendu que les jardins à la française entourant le palais et divisé en différentes sections. Il était conçu de telle sorte que le promeneur se faisait soudain surprendre par une vue spectaculaire sur la ville et la mer au-delà. Il déambulait d'une prairie de fleurs sauvages à un jardin de tourbières agrémenté de jets d'eau et de statues couvertes de mousse, en passant par un potager aux exquises senteurs jouxtant les grandes serres qui fournissaient les cuisines du palais.

Kate avait cueilli une nectarine en chemin, délicieusement juteuse. Elle se sentait plus calme, car elle avait pris une décision. Si le prince refusait de venir à la nursery, alors la nursery irait à lui. Enfin, *elle* irait à lui. À titre purement professionnel, bien sûr. Des graviers crissèrent sous ses pieds. Elle avait déjà emprunté cette allée plus tôt, en quittant le terrain de jeux. Ce qui signifiait qu'elle était... Elle fronça les sourcils. Quelque chose clochait. Non, ce n'était pas le même parterre. La haie là-bas était plus basse.

Assez pour qu'elle en voie dépasser une tête aux cheveux noirs.

Kate se mit à courir en appelant à pleins poumons. Les marronniers en fleur bordant l'allée lui rappelaient celui du jardin familial, où elle et son frère grimpaient pour se disputer les meilleurs marrons. Elle avait beau réussir à garder la tête dans sa ligne de mire, impossible de la rattraper. Elle fit une pause, essoufflée. De quoi avait-elle l'air, penchée en avant, les mains sur les genoux, à reprendre tant bien que mal sa respiration ? Comme Jake se moquerait d'elle ! La nostalgie lui vrilla la poitrine. Elle et Jake n'étaient pas liés par le sang. Mais ils partageaient tellement plus que cela ! Une vie entière de souvenirs, qui rendait sa trahison d'autant plus blessante.

Devrait-elle faire le premier pas ? L'appeler ?

Au même instant la tête disparut, et Kate reprit son sprint. Alors qu'elle franchissait une arche, les cheveux noirs réapparurent dans son champ de vision.

— Hé ! attendez !

Le prince ne parut pas l'entendre. Il ne courait pas, mais sa haute stature et son excellente condition physique suffisaient pour que Kate peine à combler la distance qui les séparait. Sans parler de ce maudit point de côté. Alors qu'elle allait abandonner, il s'arrêta et se pencha comme s'il avait fait tomber quelque chose. C'était maintenant ou jamais !

— Attendez ! hurla-t-elle de toutes ses forces, les mains en porte-voix autour de sa bouche.

Il se redressa et tourna la tête dans sa direction. Elle ne distinguait pas son visage. Seulement ses bras nus, dont le T-shirt blanc faisait ressortir le bronzage, son short noir... Soudain, ce fut le branle-bas de combat. Des cris résonnèrent partout autour d'elle. Une horde d'hommes en noir venaient de surgir de nulle part, armés de pistolets. En réalité, ils n'étaient que trois, s'aperçut-elle, dont un aboyant des ordres dans son talkie-walkie. Ils rugissaient en italien, mais Kate était clouée sur place, incapable de réagir. Ses facultés mentales mirent plusieurs secondes à lui revenir. Alors elle tenta de se défendre en jurant qu'elle ne représentait aucun danger. En vain. Les gardes du corps lui intimèrent de s'allonger à terre. C'était surréaliste. Kate avait l'impression d'avoir atterri en pleine scène de film d'action. On la poussa dans le dos sans ménagement, et elle tomba à genoux.

Puis tout s'arrêta d'un coup. Une voix autoritaire avait mis fin au chaos, chaque syllabe qu'elle lâchait enflée de colère.

Le soulagement de Kate était tel que les larmes lui brouillèrent la vue. Lentement, elle releva la tête. Les hommes en noir s'étaient volatilisés, même si un faible crépitement de radio continuait à lui parvenir de loin. À leur place se tenait celui qu'elle pourchassait. Elle l'avait enfin rattrapé.

Et maintenant, que vas-tu faire de ta proie ?

Plusieurs idées lui traversèrent l'esprit. Bon sang, à quoi pensait-elle ? Ce devait être le contrecoup du choc, songea Kate. Un jour, toute cette histoire la ferait bien rire. Alors qu'attendait-elle pour se redresser ? Elle prit une grande inspiration et poussa sur ses mains et ses pieds. Sans succès. Tous ses membres tremblaient. Le sol aussi. Son regard croisa celui du prince. La colère dans ses yeux se mua en une expression qui fit battre son cœur plus vite.

— Je... Je crois que je vais être malade...

Sa tête plongea en avant. Sans un mot, Marco lui souleva les cheveux en arrière. C'était la dernière chose à laquelle elle se serait attendue de sa part. La fraîcheur de ses doigts contre sa nuque lui fit du bien. Peu à peu, sa nausée se dissipa.

— Ça va... mieux, bredouilla-t-elle.

Ses cheveux retombèrent aussitôt. Elle s'accroupit sur les talons tandis qu'il reculait en silence. Jamais elle n'avait éprouvé une honte aussi cuisante. Sa voix chevrotait lorsqu'elle parla.

— S'il vous plaît, ne soyez pas trop gentil ou je vais me mettre à pleurer.

— Aucun risque.

Marco repassa dans sa tête le moment où il avait vu l'équipe de sécurité se ruer sur elle pour la maîtriser. Ses hommes ne faisaient que leur travail. Le risque était qu'ils le fassent *trop bien*. Ils n'avaient pas mérité de se faire réprimander. Kate, en revanche... Il serra les dents. Une fois de plus, elle dépassait les bornes.

Condamnée à attendre que son corps lui obéisse à nouveau, Kate cherchait à se changer les idées. Et quelle meilleure distraction que Marco lui-même ? Son regard remonta discrètement le long de ses mollets hâlés, couverts d'un léger duvet brun, vers les cuisses musclées mises en valeur par le short noir tombant bas sur les hanches. Quant au T-shirt sans manches, il dévoilait d'impressionnants biceps. Le prince affichait un corps d'athlète de haut niveau, aux lignes puissantes et bien définies, sans une once de graisse nulle part. Il passa une main dans ses cheveux, et le geste fit rouler ses pectoraux sous le coton blanc. Kate sentit sa température grimper de plusieurs degrés.

— Vous n'êtes pas censée être ici, dit-il d'un ton peu amène. Cette partie des jardins est privée. N'avez-vous pas vu les panneaux d'interdiction ?

— Personne ne m'a rien dit. Ces hommes...

Elle regarda autour d'elle, s'attendant presque à les voir rôder entre les buissons. Mais aucun signe d'eux.

— Ces hommes auraient pu...

Elle se mordit la lèvre. De quoi s'excusait-elle, au juste ? Elle n'avait rien à se reprocher.

— Ces hommes faisaient leur travail !

Marco la toisait, toujours accroupie là à ses pieds. Il lui tendit une main d'un geste impatient. Elle l'ignora.

— Levez-vous ! grogna-t-il d'un air excédé.

— Je ne suis pas un chien ! répliqua-t-elle dans un accès de rébellion.

Qui retomba comme un soufflé. Elle baissa les yeux, mortifiée.

— Je ne crois pas en être capable.

Peut-être perçut-il à quel point il lui en coûtait de l'admettre. Il réitéra son geste en l'encourageant d'une voix légèrement radoucie.

— Venez.

Kate rendit les armes. À peine tendit-elle le bras que Marco enroula fermement les doigts autour de son poignet. Sans effort, il la tira et la lâcha dès qu'elle fut debout. Mais les jambes de Kate flageolaient toujours. Elle chancela, avant de se raccrocher à ce qui lui tomba sous la main pour ne pas s'effondrer. En l'occurrence, le T-shirt de Marco. Alors qu'elle basculait contre le prince, une décharge de cent mille volts la traversa de part en part. L'intensité de la sensation lui coupa le souffle. Elle se serait avachie à ses pieds si une main ne s'était pas plaquée dans le creux de son dos pour la soutenir.

Kate se laissa aller contre Marco. C'était trop, elle ne pouvait plus lutter. Ses sens étaient pris d'assaut par son odeur masculine. Par la chaleur de son corps, dur comme le roc contre le sien. Par son souffle tiède caressant ses cheveux. Ses membres tremblaient, plus à cause du choc, mais sous l'effet d'une excitation illicite qui pétillait dans ses veines telles des bulles de champagne. La main dans son dos glissa vers sa taille, tandis que l'autre lui soulevait le menton.

— Vous n'allez pas tomber dans les pommes, n'est-ce pas ?

Elle ne s'était jamais évanouie de sa vie. Elle le lui aurait fait savoir si sa gorge nouée lui avait permis de parler. Marco scruta son visage.

— Inspirez profondément... Pas autant...

Piquée par ses manières infantilisantes, Kate se força à se ressaisir.

— Inutile de m'expliquer comment...

Comment tenir debout ?

Son self-control dangereusement mis à mal, Marco repoussa la jeune femme.

— Très bien. Puisque vous n'avez pas besoin de moi...

En la voyant tituber, il étouffa un juron et tenta de la rattraper. Mais elle s'esquiva avec une grâce étonnante pour quelqu'un qui avait l'air complètement ivre. À sa seconde tentative, elle louvoya encore, si bien que ses mains, au lieu d'atterrir sur ses épaules, finirent autour de son visage. Sa défiance habituelle avait cédé la place à une pâleur qui faisait ressortir la pureté de ses traits. Elle avait l'air si juvénile, en cet instant. Ce n'était qu'une illusion, bien sûr. Elle avait vingt-sept ans, il avait vérifié son âge. Cela ne changeait rien à la barrière, invisible mais bien réelle, qui se dressait entre eux.

Il suffit que Kate lève les yeux pour que la barrière se fissure. Il y avait un tel désir dans ses prunelles ! Son souffle se suspendit. La promesse charnelle dans leurs profondeurs d'ambre libéra un torrent de lave dans ses veines. Au prix d'un effort surhumain, il musela ses instincts primaires.

— La prochaine fois, ne comptez pas sur moi pour arrêter mes hommes, l'avertit-il. Sachez qu'ils ont ordre de tirer sur quiconque représente un danger. Vous êtes prévenue.

Le sang de Kate ne fit qu'un tour. Elle réagissait mal à la menace. Surtout venant de cet homme. Peu importait son titre. Elle ne se laisserait pas traiter ainsi.

— Vous voulez dire que j'aurais pu être tuée ? s'exclama-t-elle.

— Inutile de dramatiser.

— Pardon ?

En plus d'être insensible, il était hypocrite !

— Vous venez vous-même de dire que...

La couleur reflua de ses joues.

— Mon Dieu, j'aurais vraiment pu être tuée ! répéta-t-elle, sous le choc.

À quoi tenait une vie ? Des images défilèrent dans son esprit, de ses parents anéantis par la nouvelle. De tout ce qu'elle rêvait de faire tant qu'il était encore temps. Il était si facile de passer à côté de sa chance...

Mue par une force invisible, sa bouche couvrit celle du prince. Kate ne contrôlait plus rien. Cela avait été un réflexe, comme celui de retirer sa main d'une surface brûlante. Sauf que, dans ce cas, elle jouait avec le feu au lieu de l'éviter. Elle s'accrocha à son T-shirt pour se hisser sur la pointe des pieds.

— Merci de m'avoir sauvée.

Le risque ne lui faisait pas peur. Il l'excitait, au contraire. Ses yeux cherchèrent les siens. Sans crier gare, Marco la plaqua contre lui, et le reste de ses mots se perdit dans un baiser brutal. Un baiser avide et primitif. Peu à peu, il se changea en quelque chose de plus profond. Leurs langues se livraient à un langoureux jeu de séduction, éveillant en elle une sensualité qu'elle ignorait posséder. Sa raison capitula comme elle s'abandonnait à cette douce intimité, enivrée par le goût de sa bouche et l'odeur de sa peau. Avec un gémissement, elle s'étira contre lui, les seins aplatis contre son torse. Il plongea les doigts dans ses cheveux pour accroître la pression...

Puis plus rien. Envolés, les bras virils autour d'elle. Les quelques centimètres qui les séparaient auraient aussi bien pu être un gouffre. Elle vacilla. Elle se sentait vide, tout à coup. Démunie par ce brusque revirement. Et terriblement stupide.

Marco reprenait son souffle, secoué par l'élan de passion incontrôlable qui avait eu raison de toutes ses défenses. Et deux lèvres frôlant les siennes avaient suffi. Un moment d'égarement d'autant plus impardonnable que la femme qui l'avait initié était son employée. Elle travaillait pour lui. Une limite qu'il s'était toujours interdit d'enfreindre. La priorité, à présent, était de limiter les dégâts. Bien sûr, cela ne se reproduirait plus. Peu à peu, il retrouvait la distance émotionnelle qu'il avait l'habitude de garder. Maintenir une distance physique serait une sage précaution supplémentaire.

Kate aussi semblait hébétée. Atterrée, même.

— Est-ce moi qui ai commencé ?

Son geste impulsif pouvait-il être interprété comme une invitation à ce qui avait suivi ? Leur baiser avait été si… Les mots manquaient à Kate. Elle ignorait qu'un simple baiser puisse déclencher un tel tsunami de sensations. Un désir si élémentaire qu'il semblait inscrit dans votre ADN.

Le regard de Marco se durcit.

— Oui. Heureusement que j'y ai mis un terme.

Ces mots la refroidirent aussitôt. Le message était clair. Que croyait-il ? Qu'elle allait le pousser dans l'herbe et se jeter sur lui ?

N'est-ce pas ce que tu ferais si tu en avais l'occasion ?

— J'étais bouleversée, dit-elle pour se justifier.

La rapidité avec laquelle il avait recouvré son sang-froid la vexait. Comme s'il ne s'était rien passé du tout. Ou, pire, que cela le laissait de marbre. C'était si humiliant !

— Vous m'avez embrassée aussi, ajouta-t-elle.

Il garda le silence. Il pouvait difficilement le nier.

— D'ailleurs, qu'est-ce que vous faites ici ?

Il habite ici, Kate. Ce palais lui appartient. C'est toi qui n'es pas à ta place.

— Est-ce une tenue décente pour se promener dehors ? lança-t-elle, consciente d'aggraver son cas.

Une lueur provocante s'alluma dans les yeux du prince.

— Je porte moins que cela quand je sors de la piscine...

Kate n'avait aucun mal à l'imaginer. C'était bien cela le problème.

— Détendez-vous, *cara*.

Un conseil que Marco gagnerait à suivre, lui aussi. Il était tout sauf détendu, en cet instant. Mais la jeune femme était trop occupée à fixer ses pieds pour le remarquer.

— L'attirance sexuelle n'est pas quelque chose qui se rationalise. Inutile d'essayer.

Lui-même y avait renoncé. Il l'avait embrassée parce qu'il en avait eu envie, et ce depuis la première seconde où il avait posé les yeux sur elle. Aucune logique n'expliquait cela. Maintenant, c'était fait. Il avait goûté au fruit défendu. Il pouvait passer à autre chose.

Si tu le dis.

Kate releva la tête. Le trouble dans ses yeux ne fit rien pour dissiper son tumulte intérieur.

— Je ne suis pas...

Sa phrase resta en suspens.

— On peut néanmoins la contrôler, continua Marco, plus pour lui-même que pour elle. Moi, oui, en tout cas. Alors soyez sans crainte.

La solution était simple. S'il en était arrivé là, c'était parce qu'il avait privilégié le travail au détriment de sa vie sexuelle. Un homme avait des besoins. À lui de remédier à ce dangereux déséquilibre qui contribuait à éroder son contrôle de soi. Il n'avait qu'à se remémorer son baiser avec Kate pour le sentir lui échapper de nouveau. Le goût de ses lèvres, le déchaînement de passion... Non, inutile de revenir là-dessus. C'était une complication de trop. Il n'était pas son père. L’exemple déplorable de ce dernier le conforta sans sa résolution.

« Moi, oui, en tout cas. » Traduction, elle non ? Alors qu’il venait d’admettre qu’il la désirait ? L’indignation de Kate lui remit les idées en place.

— Soyez tranquille. Vous non plus, vous n’avez rien à craindre de moi, Votre...

Décidément, elle faisait un blocage sur son titre.

— Altesse, compléta-t-il. Mais vous pouvez m’appeler Marco.

— Comme je le disais, vous ne craignez rien, Votre *Altesse.*

Elle appuya sur chaque syllabe avec dédain. Mais qui croyait-elle duper ? Elle l’avait embrassé. C’était elle qui avait commencé. En agissant ainsi, elle avait perdu toute crédibilité morale.

— J’étais sous le choc, rappela-t-elle pour reprendre l’ascendant. On a quand même failli me tirer dessus.

Quelle excuse plus valable que celle-là ?

— Vous tirer dessus ? C’est un peu exagéré, non ?

Kate pinça les lèvres.

— C’est vous-même qui l’avez dit, Votre... Comment Mme Fitzgerald vous appelait-elle ? questionna-t-elle pour changer de sujet.

Pas très subtil, comme tactique. Mais l’essentiel était de revenir en terrain sûr. Plus question de brouiller les frontières. Le risque de se perdre était trop grand.

Marco arqua un sourcil.

— Maeve me connaît depuis mes sept ans.

La vieille nourrice avait une place à part au palais. Et il ne l’avait jamais embrassée, elle. Il n’y aurait pas d’autres baisers avec Kate. Un seul suffisait. C’était même un de trop, au vu de son pouvoir addictif. Maintenant encore, il ne songeait qu'à recommencer.

— Eh bien, j'espère que vous saurez me témoigner la même courtoisie professionnelle, reprit la jeune femme. Je n'avais pas l'intention de m'imposer. Mais je vous ai aperçu de loin, et comme je voulais justement vous parler de Freya...

— Vous avez jugé bon de me pourchasser ?

— Navrée d'avoir interrompu votre promenade, lâcha Kate.

— À vrai dire, je cherchais mon téléphone.

Il avait perdu son portable ? C'était si banal. Cela le rendait presque... normal. Mais il ne l'était pas. Il appartenait à un monde sans rien de commun avec le sien.

— Je comptais vous parler lors de votre visite à Freya aujourd'hui, reprit-elle froidement.

Il la dévisagea.

— Est-ce un reproche ?

— Ce serait outrepasser mes droits. Mais j'avoue mal saisir la marche à suivre. Suis-je censée prendre rendez-vous ? Ou transmettre le message à un intermédiaire ?

Sa question sarcastique ne donna pas lieu au *mea culpa* qu'elle espérait.

— La marche à suivre n'est *jamais* de provoquer un incident avec mon équipe de sécurité, mademoiselle Armstrong. Toute information concernant ma fille est à me communiquer directement.

— C'est ce que j'essayais de faire.

— Je vous écoute.

— Ici ?

Kate le détailla furtivement de la tête aux pieds.

— Je préférerais un endroit plus approprié.

Et une tenue qui en dévoile un peu moins. Marco haussa les épaules.

— Soit. Dans mon bureau, cela vous convient ?

Elle acquiesça et lui emboîta le pas jusqu'à une tour.

— C'est un raccourci, expliqua-t-il en lui désignant un escalier taillé dans la pierre.

Son ton se fit moqueur.

— Cela ira avec les marches ?

— Du moment qu'aucun gorille armé jusqu'aux dents ne me saute dessus, répliqua-t-elle du tac au tac.

— Dans ce cas... Après vous.

Elle s'engagea dans l'escalier, sans ralentir sa progression quand ses muscles commencèrent à protester. Derrière elle, Marco avait une vue imprenable sur ses fesses, réalisa-t-elle. Sans doute ne tenaient-elles pas la comparaison avec celles de ses innombrables conquêtes. Elle jeta un regard soupçonneux par-dessus son épaule. Marco eut un sourire innocent.

— Vous seriez vexée si je ne regardais pas.

Kate s'empourpra et monta quatre à quatre le reste des marches. Elle avait les jambes en compote, parvenue au sommet. Mais ce qu'elle découvrit lui fit oublier ses muscles endoloris.

— Waouh ! lança-t-elle, trop émerveillée pour continuer à faire la tête.

Une piscine occupait le toit, entourée d'une terrasse végétalisée formant un luxuriant écrin de verdure. La cerise sur le gâteau était le panorama unique sur la ville et la mer au-delà. L'endroit était de toute beauté.

— C'est cela, votre bureau ?

Pas vraiment un lieu qui incitait au travail. Le prince esquissa un sourire.

— Non. Mais on peut y accéder d'ici. Venez.

Il ouvrit une porte, à demi dissimulée derrière une statue classique représentant une femme aux seins nus étreinte par un homme. Sans doute un de ses cousins éloignés, songea-t-elle avec sarcasme. Un nouvel escalier les attendait. Cette fois, c'est lui qui passa devant. Elle prouva sa supériorité morale en gardant les yeux résolument sur sa nuque, sans lorgner son fessier. À part peut-être une ou deux fois.

— Je vous en prie, asseyez-vous.

Kate regarda autour d'elle. La pièce était dominée par un large bureau, vide à l'exception d'un ordinateur, d'une lampe industrielle et d'un cadre dont elle ne voyait que le dos. Sûrement une photo de Freya, d'après les nombreux autres tirages exposés sur un des murs en pierres apparentes. Ou peut-être de sa femme ? Il n'y avait aucune image d'elle nulle part...

Ce ne sont pas tes affaires ! se tança-t-elle.

Deux autres murs disparaissaient derrière d'immenses bibliothèques. Les livres n'y étaient pas rangés par couleurs, ici. Un coup d'œil rapide aux tranches suggérait une collection éclectique. Quant au dernier mur, il était percé de hautes fenêtres à croisillons dont la vue rivalisait avec celle de la piscine.

Kate se sentait comme un poisson hors de l'eau dans ce décor. Après un moment de flottement, elle finit par s'asseoir dans un fauteuil en cuir Chesterfield.

— Donnez-moi cinq minutes, le temps d'enfiler quelque chose de moins confortable.

Il lui décocha un de ses sourires énigmatiques et disparut dans la pièce d'à côté.

S'il était revenu trente secondes plus tôt, il l'aurait surprise à étudier les portraits au mur, cherchant à comprendre pourquoi un homme avec autant de photos de sa fille se montrait aussi distant avec elle. Mais c'est là où il l'avait laissée qu'il la retrouva, les mains jointes sur ses genoux.

Il avait pris une douche. Une odeur de savon flottait dans son sillage, derrière laquelle perçait la sienne, subtilement musquée. Ses cheveux humides bouclaient dans son cou. Ils se parèrent de reflets lorsqu'il s'assit sur le bord de son bureau, jambes tendues devant lui, dans une attitude décontractée en accord avec sa tenue : jean délavé et chemise aux manches retroussées sur ses bras. Une vive chaleur envahit Kate.

Le regard qu'il posa sur elle n'avait cependant rien de décontracté. Le moment se prolongea au-delà de ce que dictait la bienséance. Mais les normes sociales ne s'appliquaient pas au prince Marco. Il suivait ses propres règles.

— Vous avez l'air coupable. Qu'avez-vous fait ?

Elle n'eut pas le temps d'ouvrir la bouche qu'il était déjà passé à autre chose.

— Alors, qu'aviez-vous de si important à me dire ?

6

Kate prit une grande inspiration. Par où commencer ? Marco se mit à tapoter son bureau de l'index.

— Eh bien ? Je vous écoute.

Son attention particulièrement soutenue la déstabilisait. C'étaient ses yeux au regard pénétrant... Comme s'ils lisaient en elle. *Ridicule.*

Elle s'éclaircit la gorge.

— C'est à propos de Freya.

Il arqua un sourcil. Sa signature lorsqu'il s'impatientait. Elle se faisait l'effet d'être face à un thérapeute qui, à tout instant, risquait de consulter sa montre et de se lever en annonçant : « C'est tout pour aujourd'hui. »

— Mme Fitzgerald...

Elle se jeta à l'eau.

— A-t-elle déjà mentionné les compétences de votre fille en lecture ?

— Elle m'a dit que Freya était très en avance pour son âge.

— Je vois. Son vocabulaire est en effet très développé. Je comprends que cela puisse donner l'impression que son niveau de lecture l'est aussi, dit-elle avec tact.

— Donner l'impression ?

Il se leva, plus intimidant que jamais. Il n'y avait aucune bienveillance dans sa contenance. Kate avait souvent eu affaire à des parents sur la défensive. Mais aucun n'avait été aussi séduisant que Marco. Aucun ne l'avait embrassée à lui donner le vertige. Tout à l'heure encore, ces lèvres pincées en une ligne dédaigneuse domptaient les siennes avec une maestria inégalable. Difficile de croire qu'il s'agissait du même homme.

Elle chassa ce souvenir. Le mieux était d'adopter une posture professionnelle.

— Freya tenait à me montrer qu'elle savait lire. C'est une enfant qui a tellement envie de bien faire...

— Pourquoi dites-vous cela comme si c'était une mauvaise chose ?

Elle ignora son intervention. Ce qu'elle avait à dire était déjà assez délicat.

— À première vue, elle lit parfaitement, bien mieux que les autres enfants de son âge.

— Alors où est le problème ?

Marco perdait patience. Où voulait-elle en venir ? Inventait-elle des difficultés pour se rendre intéressante ? Il écarta cette idée. Des femmes prêtes à tout pour capter son attention, il en croisait tous les jours. Kate Armstrong ne lui avait jamais donné cette impression.

— Freya ne sait pas lire. Ce n'est rien d'anormal chez un enfant de cinq ans. Mais je pense qu'il y a un problème.

Kate avait conscience de ne pas prendre de gants. Parfois, être direct était la meilleure façon de faire.

— C'est absurde. Vous dites vous-même...

— Elle ne *lit* pas, le coupa-t-elle. Elle a mémorisé le texte de ses livres préférés. Elle a une excellente mémoire. C'est souvent le cas chez les personnes dyslexiques.

— Dyslexique ! Ma fille serait *dyslexique* ? Et vous l'auriez remarqué en quelques heures alors que Maeve, qui s'est occupée de Freya depuis qu'elle est bébé, n'aurait rien vu ?

Le prince croisa les bras dans une attitude de défi empreinte de mépris. Kate garda son calme. Elle s'attendait à une telle réaction. Il n'était pas le premier parent à mal le prendre.

— Je comprends votre scepticisme. Mais il arrive qu'un regard extérieur saisisse ce qui échappe à l'entourage proche.

Elle soupira. Marco transpirait l'hostilité. Le convaincre s'annonçait ardu.

— Ce n'est la faute de personne, poursuivit-elle avec diplomatie. Les gens atteints de dyslexie sont très doués pour le cacher.

Néanmoins, l'autre nourrice, estimait-elle, aurait dû s'en apercevoir.

— Il est facile de passer à côté...

— Ou de l'inventer, riposta le prince. Certaines personnes sont prêtes à tout pour se donner de l'importance.

L'insulte ne valut à Marco qu'un sourire indulgent. Dieu que cette femme le hérissait ! Il avait envie tantôt de l'embrasser, tantôt de l'étrangler. Personne n'avait jamais suscité en lui des réactions aussi extrêmes.

— Je comprends que ce soit un choc...

Il passa une main agitée dans ses cheveux. Elle avait réussi à semer le doute en lui.

— Si c'était vrai, je m'en serais rendu compte.

Comment ? Quand avait-il pris le temps d'écouter sa fille lire ? Sa culpabilité redoubla. Un fardeau qui s'alourdissait de jour en jour.

Kate désapprouvait l'absentéisme de Marco dans l'éducation de sa fille. Mais la compassion l'emporta. Les parents étaient souvent furieux ou dans le déni lorsqu'ils apprenaient que leur enfant avait un problème. Cela faisait beaucoup à digérer pour Marco. Elle-même peinait à savoir comment se positionner. Son expérience au palais était très différente de son travail d'institutrice. Ce n'était pas qu'elle oubliait ses élèves à la seconde où elle rentrait chez elle. Mais la coupure permettait de mettre de la distance. Ici, elle était en immersion totale. Le personnel et le professionnel se confondaient. Or, il était indispensable pour un professeur de savoir séparer les deux s'il voulait préserver son équilibre mental.

— Écoutez, je ne vous demande pas de me croire sur parole, reprit-elle posément. Je ne suis pas une experte. Mais il existe des tests permettant de confirmer ma théorie. Faites-les passer à Freya. Le plus tôt sera le mieux.

Elle hésita avant de continuer. En situation de choc, les gens avaient du mal à faire la part des choses. Le bombarder d'informations était-il vraiment la meilleure approche ?

— J'ai fait quelques recherches. Le département de psychologie de votre université a récemment publié une étude de premier ordre sur le sujet.

Le prince la dévisagea sans un mot, avant de contourner son bureau pour se laisser choir dans son fauteuil.

— Comment ai-je pu ne rien voir ?

Kate garda le silence. Ils connaissaient tous les deux la réponse à cette question. Il prit la photo sur son bureau et la contempla un moment. Sa poitrine se serra. Désarroi et culpabilité se lisaient sur son visage, preuve qu'elle avait affaire à un père qui aimait profondément sa fille.

Il se redressa et planta les yeux dans les siens, les mains jointes sous son menton.

— Peut-on la guérir ?

Il le fallait. Marco se rappelait ce garçon à l'école, harcelé par ses professeurs autant que par ses camarades, catalogué comme stupide et paresseux. Il était aujourd'hui un entrepreneur prospère renommé dans le monde entier. Mais cela ne changeait rien à l'enfer qu'avait dû être sa scolarité. Hors de question que Freya subisse la même chose.

— L'école à domicile est-elle une option ?

Le regard de Kate laissait deviner qu'elle désapprouvait cette idée.

— Ne mettons pas la charrue avant les bœufs, répondit-elle. La dyslexie n'est pas quelque chose qui se guérit. Freya n'est pas malade. Son cerveau fonctionne différemment, c'est tout. Plus vite un diagnostic sera posé, plus vite des stratégies pourront être mises en place pour l'aider. C'est pourquoi vous avez besoin d'une confirmation.

— Vous étiez pourtant assez sûre de vous pour venir me trouver…

Il serra les dents. Il était injuste envers Kate. Elle n'y était pour rien. S'il y avait quelqu'un à blâmer, c'était lui et lui seul.

Kate s'en voulait d'avoir mal jugé Marco. Elle s'était trompée en supposant qu'il négligeait sa fille. Face à sa détresse, son cœur débordait de compassion.

— Je vous dis ce qu'il en est.

— Tel que *vous* le voyez.

Elle hocha la tête.

— J'ai conscience que ce n'est pas ce que vous vouliez entendre…

Et que son empathie dépassait le simple cadre professionnel.

— … mais je crois qu'il vaut toujours mieux dire la vérité.

— Toujours ? Vous le pensez vraiment ?

L'incrédulité railleuse du prince la vexa.

— Bien sûr.

— Sans exception ?

— Absolument.

— Vous n'avez aucun doute ? Tout est tout noir ou tout

blanc ? J'envie votre capacité à voir les choses de manière aussi tranchée.

Kate accusa le coup. Jake lui avait fait exactement le même reproche.

— Nos actions sont justes ou mauvaises. Nous mentons ou nous disons la vérité, répliqua-t-elle, sur la défensive. Apprendre que toute votre vie n'est qu'un mensonge, que vous n'êtes pas...

Elle s'interrompit, le regard fuyant. Elle venait de lui tendre le bâton pour se faire battre. Et il ne se gêna pas pour s'en saisir.

— Qui vous a menti, Kate ?

Il devait penser à un petit ami infidèle. En tout cas, rien ne lui échappait. Sa perspicacité la mettait mal à l'aise. La dernière chose dont elle avait besoin était que cet homme se promène dans sa tête.

Elle se racla la gorge.

— Revenons au sujet qui nous préoccupe.

À savoir qu'il était le pire père de l'année ? Marco méritait ce titre. Il avait délégué l'éducation de sa fille à une femme âgée et blâmait à présent sa remplaçante plutôt que d'admettre ses torts. Quoi d'étonnant à ce que Kate le regarde de haut ? Néanmoins...

— Je dois dire, je trouve cela rassurant que Mlle Sainte-Nitouche ne soit pas aussi irréprochable qu'elle veuille le laisser croire.

Kate ravala une repartie cinglante. Elle était là à titre professionnel. Elle s'en tiendrait donc aux conseils qu'elle était venue lui donner.

— Vous avez besoin de temps pour digérer la nouvelle, dit-elle d'une voix guindée. J'ai compilé une liste d'articles et d'ouvrages susceptibles de vous guider dans votre décision. Bien sûr, rien ne vaut l'avis d'un spécialiste. C'est une chance que vous ayez accès aux meilleurs qui soient.

Freya, en vertu de qui elle était, serait prise en charge en priorité. Il n'y avait rien qu'elle ne puisse avoir, si ce n'est peut-être la seule chose qu'elle désirait vraiment : l'affection de son père.

— Envoyez-moi votre liste par mail. Je vais vous donner mon adresse personnelle, répondit le prince. Dans un premier temps, j'aimerais que tout cela reste entre nous.

— Si vous insistez.

Kate était déçue de cette réaction.

— Il n'y a aucune honte à être dyslexique, ajouta-t-elle sans parvenir à cacher son dédain.

Marco la considéra en silence, une main soucieuse pressée sur le front.

— Je n'ai pas honte, objecta-t-il. Pas de Freya, en tout cas. Laissez-moi vous mettre dans le secret des dieux.

Pas parce que son opinion comptait pour lui, devinait Kate. Il craignait simplement qu'elle ne dise quelque chose qui revienne aux oreilles du Conseil.

— Dois-je signer une clause de confidentialité ? repartit-elle, sarcastique.

— Ce ne sera pas nécessaire.

— Je plaisantais.

Le prince ne sourit pas.

— Lors du bal qui doit avoir lieu la semaine prochaine...

Il haussa un sourcil interrogateur.

— Vous en avez entendu parler, n'est-ce pas ?

— Oui, je suis au courant.

Il hocha la tête.

— Difficile de garder un secret au palais...

— Le bal est censé être un secret ?

— Non. Seulement l'annonce que je compte faire à cette occasion.

— Vous vous mariez et redoutez que votre fiancée ait un problème avec la dyslexie de Freya ?

Kate plaqua une main sur sa bouche. Mon Dieu, venait-elle vraiment de dire cela tout haut ? Le rire narquois de Marco lui donna envie de disparaître de la surface de la Terre.

— Vous avez vraiment une imagination débordante, mademoiselle Armstrong.

En avait-elle autant au lit ? Marco serra la mâchoire. Il la désirait. Mais en tant qu'employée elle lui était inaccessible. Ce n'était pas un concept difficile à comprendre. Alors pourquoi son esprit s'égarait-il sans cesse dans des scénarios érotiques qui n'auraient jamais lieu ?

— Non, je ne vais pas me marier. Si cela arrive, ce sera à Freya de valider ma partenaire, pas l'inverse. Elle aura besoin d'un modèle quand elle sera plus grande. C'est le rôle que devra remplir ma future femme.

Kate nota que l'amour ne figurait pas au programme de cet hypothétique mariage.

— La pauvre, lâcha-t-elle dans un souffle.

Le prince plissa les yeux. Il s'adossa à son fauteuil et le fit rouler en arrière pour mieux la toiser à son aise. Cet air de nonchalance négligée n'était qu'une illusion. On ne se sculptait pas un corps pareil sans une solide autodiscipline.

— Vous pensez qu'être ma femme, la future reine, fait d'elle un objet de pitié ?

Un sourire étira ses lèvres.

— Dites cela à la longue liste de soupirantes prêtes à tout pour me mettre la bague au doigt.

Kate en resta bouche bée. Non, mais quel goujat ! Elle eut un rire incrédule.

— Comme je vous plains ! Ce doit être *si* difficile d'être convoité par toute la gent féminine.

Comment passait-il les portes avec un tel ego ? D'un autre côté, comment ne pas être arrogant avec un tel physique ? Son regard se dirigea vers ses lèvres, si habiles dans l'art d'embrasser. De ce point de vue, son arrogance se justifiait. Alors s'il était aussi doué pour faire l'amour… Une moiteur brûlante s'insinua entre ses cuisses. Impossible de détourner les yeux de la parfaite symétrie de son visage. Un visage qui la fascinait malgré elle, quelle que soit l'humeur qu'il communiquait. Devenait-on immunisé avec le temps ? Peu probable. Même la grâce féline avec laquelle il faisait pivoter son fauteuil de gauche à droite l'hypnotisait.

Il rit, d'un rire grave et rocailleux qu'elle sentit ricocher sous sa peau. Kate se surprit à sourire aussi. Il aurait le monde entier à ses pieds s'il faisait un effort pour être un peu plus avenant.

Mais ne l'avait-il pas déjà ?

— Oh ! je ne me fais pas d'illusions, admit-il. C'est la Couronne qui les intéresse, pas moi. Je n'attends pas de ma fiancée qu'elle prétende le contraire.

— Permettez-moi d'en douter.

Kate s'empourpra jusqu'au front en réalisant ce qu'elle venait de dire. Le sourire du prince s'évanouit, remplacé par une expression plus introspective.

— Non, je n'attends pas de ma future femme qu'elle fasse semblant d'être amoureuse.

— Et si elle l'est vraiment ?

— Alors il n'y aura pas de mariage.

Parce qu'il se savait incapable d'aimer à nouveau comme il avait aimé sa première femme ?

— Je trouve cela triste.

Elle se mordit la lèvre.

— Désolée. C'était déplacé de ma part.

Marco se redressa dans son fauteuil d'un mouvement fluide.

— Éclairez ma lanterne. Qu'est-ce que cela a de triste ?

Le sarcasme sous-jacent fit son effet. La honte lui brûla les joues. Combien d'années de pratique y avait-il derrière ce petit tour de passe-passe ? À moins que ridiculiser les gens ne soit une seconde nature chez lui ? Elle respira calmement. Difficile de compatir avec quelqu'un d'aussi antipathique.

— La mère de Freya... Ce qui est arrivé est tragique. Mais retomber amoureux n'est pas impossible, vous savez.

Cette interprétation de son commentaire prit Marco au dépourvu. Le regarderait-elle avec la même empathie si elle connaissait la vérité ? Si elle savait que c'était lui, le responsable ? Les médecins parlaient de rupture utérine et d'hémorragie. Mais il savait que tout était sa faute.

— Parlez-vous par expérience ? riposta-t-il d'une voix doucereuse.

La panique dans ses yeux d'ambre lui procura une intense satisfaction.

— Moi ? Je n'ai jamais...

Kate se tut. L'écho des reproches de son frère résonnait dans sa tête. Jake l'accusait de placer la barre trop haut, d'être trop exigeante. Ce n'était pas cela. En vérité, elle était une incurable romantique. Elle croyait dur comme fer au grand amour. À ce quelqu'un, quelque part, qui vous complétait comme la partie manquante de vous-même. Tout le monde n'avait pas la chance de rencontrer son âme sœur. Mais Kate refusait de se contenter d'un second choix. Oh ! elle était bien sortie avec quelques hommes. Mais ce n'était jamais allé plus loin. Elle en avait conclu que le sexe n'était pas vraiment son truc.

Un seul baiser avait suffi à remettre en question cette conclusion. Un baiser dont elle aurait voulu qu'il ne s'arrête jamais. Dans ses fantasmes, seule son âme sœur avait le pouvoir d'éveiller sa sexualité dormante. Certainement pas un mufle comme Marco Zanetti ! Un tel scénario ne lui avait jamais traversé l'esprit. Elle avait toujours été sûre de ses choix. Mais son petit monde en noir et blanc, sans aucun entre-deux, prenait pas mal de plomb dans l'aile depuis quelque temps. Le problème était l'effet domino. Quand une première certitude tombait, toutes les autres suivaient.

— Je concentre mon énergie sur ma carrière, répondit-elle, consciente de se justifier.

Le prince afficha un air peu convaincu.

— Vous avez gravi les échelons jusqu'au sommet, avant de tout plaquer ? Drôle de choix.

Kate pinça les lèvres.

— J'ai toujours voulu voyager.

— Vous mentez très mal, commenta Marco. Mais revenons à mon annonce. En l'état actuel des choses, si je venais à décéder, Freya serait première dans l'ordre de succession. Toutefois, si je devais avoir un fils, c'est lui qui monterait sur le trône à la mort de mon père.

Si Marco venait à décéder... Kate le connaissait à peine. Mais il exsudait une telle vitalité qu'un monde sans lui lui semblait inimaginable.

— Freya parle souvent d'avoir un frère, mentionna-t-elle.

— Est-ce une façon de me dire de me dépêcher ? J'ai encore quelques belles années devant moi, vous ne croyez pas ?

Ce qu'il pouvait être lunatique ! Ses railleries et sautes d'humeur incessantes la mettaient à cran. Un ego démesuré n'avait rien de séduisant. C'était même rédhibitoire. *Oh ! vraiment ?* En réalité, il avait de bonnes raisons d'être arrogant. Son sex-appeal le précédait partout où il allait. Personne n'y restait insensible. Elle ne faisait pas exception.

— Quoi qu'il en soit, son frère deviendrait l'héritier, reprit Marco.

— Par droit de primogéniture masculine ?

— Exact. Cela fait un moment que je travaille le Conseil au corps pour modifier cette tradition. Ils sont enfin prêts à me donner gain de cause. S'ils apprenaient que Freya a quoi que ce soit s'apparentant à un handicap *à leurs yeux*...

Il appuya sur ces derniers mots, anticipant l'indignation de la jeune femme.

— Leur mentalité n'a guère évolué depuis qu'ils sont nés, continua-t-il. Ils sont si allergiques au changement que même un détail banal, comme des cheveux roux par exemple...

Il posa le regard sur ses boucles cuivrées, qu'il imaginait caressant sa peau nue tandis qu'elle bougeait sur lui.

— ... leur ferait craindre un précédent. Vous voyez où je veux en venir ?

Kate hocha la tête.

— Freya est-elle au courant ?

— Pas encore.

Marco répugnait à admettre qu'il ne s'était pas projeté aussi loin. Avait-il consacré tant d'efforts à faire de Freya son héritière qu'il n'avait pas envisagé un instant qu'elle puisse décliner ? Peut-être ne voudrait-elle pas d'une égalité qui lui impose un avenir tout tracé, comme le sien l'avait été.

— Freya sera-t-elle présente lors de l'annonce ? questionna la jeune femme.

— Freya, au bal ? Hors de...

— Cela lui ferait tellement plaisir !

Kate imaginait déjà la joie de la fillette.

— Ce serait une immense fierté pour elle de se montrer à votre bras. Elle ne ferait qu'une apparition, bien sûr, se hâta-t-elle d'ajouter. Il n'est pas question qu'elle reste debout toute la nuit.

Elle implora le prince du regard.

— Êtes-vous en train de me manipuler, mademoiselle Armstrong ?

L'accusation la dérouta.

— Pas du tout ! protesta-t-elle. Sinon, elle pourra toujours s'asseoir avec moi et regarder.

— S'asseoir et regarder ? répéta Marco. Un concept très victorien... Soit, j'inviterai ma fille au bal. Elle sera ma Cendrillon. Mais vous serez son chaperon et la raccompagnerez à la nursery avant minuit.

Kate ouvrit des yeux horrifiés.

— Moi ? Mais je...

— Voyez avec ma mère pour la tenue. En dépit des apparences, elle a un excellent goût.

— La reine ? C'est que... Peut-être devrais-je plutôt demander à Lady Rosa ? Elle a l'air...

— Charmante ? Oh ! elle l'est, intervint Marco d'une voix étrangement tendue. Mais ne vous adressez pas à Lady Rosa. Suis-je assez clair ?

Kate était tentée de désobéir. L'intendante n'était peut-être pas aussi raffinée que la reine telle qu'elle l'avait vue en photo. Mais elle semblait nettement plus accessible et moins intimidante.

Marco s'était mis à taper sur son clavier, signe qu'elle était congédiée.

— Et ne passez pas par Lady Rosa pour communiquer avec ma mère, ajouta-t-il sans quitter son écran des yeux.

Kate nageait en pleine confusion.

— Mais pourquoi ?

Il se décida à lever la tête.

— Parce que la politesse a ses limites. Lady Rosa est la maîtresse de mon père.

7

— Oui, celle-ci est parfaite. Mais sans le soutien-gorge.

La reine se tourna vers sa petite-fille, qui dansait à travers la pièce dans sa robe de tulle rose.

— Qu'en penses-tu, Freya ?

La princesse s'immobilisa pour étudier la question, son expression si semblable à celle de sa grand-mère que Kate en oublia son stress et éclata de rire.

— Tu as raison, mamie. Pas de soutien-gorge, conclut-elle avec le plus grand sérieux.

Elle se remit à virevolter devant le grand miroir couvrant tout un mur.

— Et moi, comment me trouvez-vous ? Suis-je jolie ?

— Bien sûr ! lancèrent Kate et la reine en chœur.

La reine, sous ses airs aristocratiques, était la personne la plus amicale que Kate ait jamais rencontrée. Elle se professait elle-même « tout à fait oisive » et semblait être au-dessus des commérages. Pas vraiment l'image que Kate se faisait d'une épouse bafouée. Elle n'était ni amère, ni vindicative, ni déprimée. Au contraire, elle avait l'air parfaitement bien dans sa peau. Mais ses manières avenantes ne l'empêchaient pas de se montrer intraitable quand elle avait décidé quelque chose. C'est ainsi que Kate se retrouvait dans la plus sublime robe qu'elle ait jamais portée, interdite de soutien-gorge.

Robe qu'elle n'avait nulle intention d'acheter. Elle ne faisait que se prêter au jeu de sa compagne royale.

— Je n'ai pas besoin d'une telle tenue, objecta-t-elle. Je ne peux pas me le permettre.

Elle soupira devant son reflet dans le miroir. Le fourreau de soie bleue, fendu sur la jambe, épousait sa silhouette telle une seconde peau.

— Elle est magnifique, admit-elle.

— Alors on la prend, décréta la reine. Quant à la facture, c'est Marco qui la réglera puisqu'il s'agit de frais professionnels.

— Il va être furieux...

— Pourquoi le serait-il ? Ce sont ses propres instructions.

Kate était dubitative. Marco avait bien parlé d'une robe. Mais il ne pensait sûrement pas à quelque chose d'aussi somptueux – ni d'aussi coûteux. Et ce n'était que le début.

— À présent, les chaussures, annonça la reine avec autorité.

Une demi-heure plus tard, tous les articles étaient empaquetés, prêts à être transportés dans la voiture avec chauffeur.

— Nous devrions faire cela plus souvent, déclara la souveraine. Il y a longtemps que je ne m'étais plus autant amusée.

Kate se contenta de sourire avec quelques mots évasifs. Quelle autre occasion aurait-elle de faire les magasins pour acheter une robe de bal haute couture et ses indispensables accessoires ? Mais force lui était d'admettre qu'en dépit de ses doutes elle avait passé un excellent moment.

Une chaleur agréable régnait dehors, pas trop étouffante. Les boutiques de créateurs s'alignaient de chaque côté de la rue, rivalisant avec celles des plus grandes capitales de la mode. Kate inhala le parfum des marronniers en fleur et éternua violemment.

Maudite allergie !

— Tout va bien ? s'enquit la reine.

— Oui, très bien.

Comment le roi pouvait-il humilier sa femme en entretenant une maîtresse, au vu et au su de tous ? Cela la dépassait.

— Freya est ravie. Merci, ma chère. C'est grâce à vous.

— En aucun cas, protesta Kate. Je n'ai fait que mon devoir.

— Ah, le devoir… Je sais ce que c'est.

Une ombre mélancolique traversa le visage de la souveraine. Ou l'avait-elle seulement imaginée ?

— À cet âge, Freya devient intéressante, vous ne trouvez pas ? Marco l'était aussi, bien sûr. Mais il a toujours été très autonome, même enfant.

Kate hocha la tête, ne sachant que répondre.

— Que diriez-vous d'aller prendre un goûter ? proposa la reine. À moins que vous aussi, comme Maeve, ne désapprouviez ce genre de petits plaisirs ?

— Pas du tout.

— Kate a de très belles dents, intervint Freya. Et on a le droit de manger du chocolat si c'est une occasion spéciale.

— Dans ce cas, c'est décidé, répondit sa grand-mère, amusée.

Kate n'avait plus qu'à suivre le mouvement. Les paquets furent empilés dans le coffre de la voiture, puis la reine annonça qu'ils se rendraient à pied au salon de thé. Cette déclaration provoqua un remous au sein de l'équipe de sécurité, visiblement habituée à ces changements de plans de dernière minute.

— Tout cela, c'est le fait de Marco, expliqua la souveraine en désignant ses gardes du corps. Avant, je me déplaçais toujours à vélo. Mais il est si protecteur… Surtout avec Freya.

Elle sourit à la fillette, qui trottinait joyeusement à leurs côtés.

— Cela se comprend, bien sûr. Nous étions tous très heureux qu'il ait quelqu'un dans sa vie. Belle l'a toujours adoré. Quelle tragédie ! Il n'en parle jamais. C'est tout à fait Marco, de rester fort et de souffrir en silence. Ah, nous sommes arrivées.

Un garde du corps entra dans le café et en ressortit peu après. Il fit un signe de tête indiquant qu'il n'y avait aucun danger. À l'intérieur, un périmètre de tables vides entourait celle où leur petit groupe fut installé.

— Je veux un milk-shake au chocolat, déclara Freya.

— Bravo. C'est très bien de savoir ce qu'on veut dans la vie, approuva sa grand-mère, qui commanda un thé glacé.

Kate prit la même chose.

— Freya est tout le portrait de sa mère. Belle aussi était une enfant charmante. Quelle terrible perte ! Après sa mort, j'ai eu peur pour Marco.

La reine soupira.

— Il s'est totalement replié sur lui-même. Cela a été une période très sombre.

— Je n'ose imaginer ce qu'il a dû traverser, murmura Kate avec un regard vers Freya. Accueillir un enfant dans sa vie et perdre la personne qu'on aime...

Se remettait-on jamais d'un tel malheur ? Ou apprenait-on à vivre avec ? Ou plutôt à survivre, en accomplissant machinalement ce que les autres attendaient de soi ? Pour Marco, cela semblait être la seconde option, à en croire ses propos sur son éventuel remariage. Ses séquelles avaient beau être invisibles, il était évident que le passé continuait à influencer sa vie.

— Tout le monde était anéanti. La famille de Belle...

La reine s'éclaircit la gorge.

— C'est normal, j'imagine. La douleur fait parfois dire des horreurs.

— Oui, Marco... Le prince Marco, dit Kate en rougissant, a mentionné ce qui s'était passé.

La souveraine la considéra avec surprise.

— Vraiment ? Mon fils n'a pas pour habitude de se

confier. De lourdes responsabilités pèsent sur ses épaules, vous savez. Et ce depuis son plus jeune âge. Son mariage s'est mal terminé. Mais, d'une certaine façon, il est marié à son pays. Cela m'attriste qu'il n'ait personne pour l'aider à porter ce fardeau.

Kate ne savait comment réagir à ces confidences. La reine lui épargna de répondre en annonçant qu'il était temps de rentrer. Elle se leva, avec une énergie que nombre de femmes plus jeunes lui envieraient. Les gardes du corps assis aux tables voisines l'imitèrent aussitôt.

— Le vélo a fait beaucoup de bien à ces hommes. C'est excellent pour l'endurance, plaisanta la souveraine haut et fort.

Kate éclata de rire. Quel homme pouvait préférer une maîtresse à une telle épouse ? Une maîtresse par ailleurs beaucoup moins séduisante ? Et comment la reine supportait-elle que tout le monde soit au courant de cette liaison ? Drôle d'arrangement. Dire qu'elle avait cru sa famille bizarre... Pour Kate, cela dépassait l'entendement.

Sa mère avait déclaré avec son inimitable candeur qu'elle appréciait beaucoup la nouvelle nourrice.

— C'est si agréable de discuter avec elle. Tu n'es pas d'accord ?

Marco n'était pas étonné. Sa mère louerait les qualités d'un tueur en série. C'était dans sa nature. Mais elle semblait totalement sous le charme de Kate.

— Sois gentil avec elle, Marco. C'est quelqu'un de très sensible. Son empathie la rend vulnérable.

Il se retint de rouler les yeux, en chemin vers la nursery. C'était sa fille qu'il allait voir, pas la nourrice. Il les trouva toutes les deux en train de valser à travers la pièce. Du moins cela ressemblait-il à une valse.

— Papa ! J'ai acheté une jolie robe et bu un milk-shake au chocolat ! Et regarde...

Elle effectua une pirouette sur elle-même.
— J'apprends même à danser !

Kate observait la scène en retrait. Il y avait quelque chose d'attendrissant dans la gaucherie avec laquelle le prince ébouriffa les cheveux de sa fille. Au moins, il faisait des efforts. C'était un début.

— Vous vous êtes bien amusées, on dirait.

Son regard croisa le sien avant de revenir sur Freya.

— Alors, tu me la montres, cette robe ?

— Tu veux voir ma robe ?

La réaction de sa fille lui fit l'effet d'une gifle. Elle semblait réellement stupéfaite qu'il lui témoigne de l'intérêt. Marco se rappelait comment lui aussi cherchait l'approbation de son père, enfant. Un simple « bravo » ou une petite tape sur la tête comptaient énormément pour lui.

— Bien sûr. J'ai hâte de voir à quoi elle ressemble.

Freya interrogea Kate du regard. Quand celle-ci lui donna la permission, elle fila en courant.

Kate récupéra son téléphone et éteignit la musique qui continuait à jouer en fond.

— Alors vous êtes également professeure de danse ?

Elle haussa les épaules.

— J'ai suivi des cours pendant quelques années.

— Étiez-vous douée ?

— Pas assez.

— Allez-vous me montrer votre robe, vous aussi ?

La jeune femme rougit.

— C'est votre mère qui a insisté. Elle pensait...

— Ma mère a eu raison, assura Marco.

— Elle a été d'excellent conseil. J'admire son sens du style.

— Mais sa relation peu orthodoxe avec mon père vous perturbe, n'est-ce pas ?

— Oh ! je ne me permettrais pas...

— Comme tout le monde. Le mariage de mes parents s'est dissous il y a des années. Il n'a pas résisté à la pression de devoir produire un héritier. Ils s'éloignaient l'un de l'autre. Je ne serais pas étonné qu'ils aient été encouragés en coulisse à se séparer.

— Mais ils sont restés ensemble.

— À cause de moi. Ils avaient perdu tout espoir d'avoir un enfant quand je suis né. Un divorce royal ne se justifie qu'en cas d'impossibilité de fournir un héritier. Mais je suis là. Ne soyez pas triste, ajouta Marco. Ce n'est pas un mariage malheureux. Seulement différent. Il l'aime, vous savez. Mais, comme il le dit si bien, le cœur a ses raisons...

— Et vous y croyez ?

Marco soupira et se laissa tomber dans un fauteuil.

— Je crois que l'amour sert le plus souvent à excuser son égoïsme... La journée a été longue. Je boirais bien quelque chose.

— Nous sommes dans une nursery, rappela Kate. Il n'y a pas de bar ici. Mais il paraît qu'on n'a qu'à claquer des doigts pour obtenir ce qu'on veut.

— Vraiment ? susurra-t-il en fixant sa bouche.

L'air se chargea d'électricité. Le moment se prolongea, comme si le temps s'était arrêté. Bon sang à quoi jouait-il ?

Marco se leva brusquement.

— Désolé.

De quoi s'excusait-il ? Kate l'ignorait. Mais c'était un soulagement d'être libérée de ce regard de braise qui lui faisait perdre tous ses moyens. Elle avait été à deux doigts de lui avouer combien elle mourait d'envie qu'il l'embrasse à nouveau.

— Ce que je crois n'a aucune importance, n'est-ce pas ?

Il la regarda en disant cela, comme pour l'inviter à rebondir. Kate soupçonnait cette question d'être un éternel objet de débat intérieur pour lui. Elle garda le silence.

— Ma mère, elle, pense que Lady Rosa rend mon père heureux, continua-t-il. Leur amitié date d'avant le mariage de mes parents. Mais il n'a jamais été question qu'il l'épouse. Rosa ne vient pas d'une bonne famille. Ces choses-là comptaient, à l'époque.

— Plus maintenant ?

— Les temps changent. Arriver chaste au mariage n'est plus un impératif, même dans la famille royale. Quoi qu'il en soit, mes parents sont des gens bien, et leur relation leur convient. Mais je ne prétendrai jamais les comprendre.

Freya réapparut, interrompant leur conversation. Elle rayonnait dans un déluge de tulle rose. Son sourire faisait plaisir à voir lorsque son père l'encouragea à tourner sur elle-même pour l'admirer. Se sentant de trop, Kate s'éclipsa discrètement.

Elle se préparait un café dans la cuisine quand la porte s'ouvrit.

— Vous devriez mettre le verrou. Vous n'êtes pas de service vingt-quatre heures sur vingt-quatre. C'est important de préserver son intimité.

Difficile quand une montagne de muscles d'un mètre quatre-vingt-quinze empiétait sur votre espace personnel. Kate arqua un sourcil.

— La plupart des gens frappent avant d'entrer, vous savez. Et on m'a assez fait comprendre que Mme Fitzgerald était une sainte qui n'a jamais pris de vacances en dix ans.

— Maeve faisait quasiment partie du décor. Les gens s'habitueront à vous aussi. Tout le monde vous a déjà remarquée.

Ses yeux glissèrent vers ses cheveux. Kate avait l'habitude. Ils attiraient l'attention partout où elle allait. Mais être remarquée ne signifiait pas être acceptée, se retint-elle de répliquer.

— Écoutez, j'ai lu les documents que vous m'avez envoyés par mail. J'ai parlé au directeur de l'étude menée au département de psychologie. Freya a rendez-vous demain matin à l'université pour une évaluation. Il semble qu'un programme de recherche soit en cours, et il aimerait que Freya y participe.

— Et vous, qu'en pensez-vous ? demanda-t-elle.

— Ma fille n'est pas un cobaye.

Le prince s'était rembruni. Kate hocha la tête. Ses réticences se comprenaient.

— Croyez-moi, plus tôt nous serons fixés, mieux cela vaudra pour Freya, dit-elle avec diplomatie.

— Et plus vite vous pourrez vous targuer d'avoir eu raison ?

— Vous êtes injuste !

La mine profondément blessée de la jeune femme donna mauvais conscience à Marco. Elle avait raison. C'était indigne de lui de l'accuser ainsi.

— La vie est injuste, mademoiselle Armstrong. Le professeur m'a demandé si d'autres présentaient des troubles de la lecture dans la famille.

— Est-ce le cas ?

— Si oui, cela aura été dissimulé pour éviter toute rumeur d'une tare dans la lignée royale, répondit-il avec cynisme. Quant à la famille de Belle… Aucune idée. Comme vous le savez, nous ne sommes plus en contact.

— Ne pouvez-vous faire le premier pas ?

— Le grand-père de Freya a perdu son droit d'accès le jour où il l'a accusée d'avoir tué sa mère, gronda Marco.

— Je suis sûre qu'il le regrette.

— Moi, je ne regrette pas d'avoir coupé les ponts avec cette ordure.

Une lueur féroce luisait dans ses yeux gris. D'accord, le moment était mal choisi pour défendre l'idée d'une réconciliation. Marco ne semblait guère enclin au pardon.

— Faites en sorte que Freya soit prête à 10 heures demain. Dites-lui, je ne sais pas, que nous allons à la plage.

— Alors nous devrons y aller, décréta Kate. On ne fait pas de fausses promesses à un enfant.

Elle s'attendait à un refus catégorique. Mais il se contenta de lui conseiller d'emporter de la crème solaire en raison de sa peau claire. Qui s'embrasa sous la caresse incandescente de ses yeux.

— Que diriez-vous d'emmener Freya dans la salle de jeux pendant que son père discute avec le professeur ?

La jeune assistante adressa à Marco un sourire plus charmeur que professionnel. Le prince serrait la main du directeur de recherche, qui venait de le rejoindre à l'issue des tests.

Elle se pencha vers Freya.

— Tu es d'accord, Freya ?

— Et après, nous allons à la plage ? demanda-t-elle à Kate.

— Oui, promis, dit Kate.

— Quelle chance ! Je vous envie, lança l'assistante.

Son regard ne quittait pas Marco, en pleine conversation avec le professeur.

Kate sourit poliment et suivit ses indications, qui la conduisirent à une vaste salle de jeux ensoleillée. Freya ne s'attendait visiblement pas à y trouver d'autres enfants. Elle resta d'abord en retrait, blottie dans ses jupes, jusqu'à ce qu'un petit garçon équipé d'une prothèse auditive s'approche avec un puzzle en bois.

— J'ai le droit ?

Kate acquiesça. Peu à peu, Freya sortit de sa coquille et se mêla au groupe. La voir rire et jouer avec les autres enfants réjouit Kate. Elle était si absorbée par la scène qu'elle ne remarqua pas tout de suite que Marco l'avait rejointe.

— L'équipe de recherche a confirmé votre diagnostic. Satisfaite ?

Kate prit mal cette nouvelle attaque.

— Pourquoi le serais-je ? J'aurais préféré avoir tort, rétorqua-t-elle sèchement.

Il jura entre ses dents.

— Désolé. C'était injuste de ma part, admit-il. Je devrais plutôt vous remercier. L'équipe était impressionnée que vous ayez relevé les signes si rapidement.

— Excuses acceptées. Freya ? lança-t-elle. C'est l'heure !

— Une minute !

Le cœur de Kate fondit comme la princesse serrait dans ses bras le petit garçon à la prothèse.

— Que fait-elle ? demanda Marco, l'air perplexe.

— Elle essaye de communiquer en langue des signes, expliqua Kate. Des tests d'audiologie ont également lieu ce matin. À mon avis, cette langue devrait être enseignée dans toutes les écoles. Les enfants apprennent si vite.

— Et vous ? La parlez-vous ?

— J'ai les bases.

Freya les rejoignit, tout sourires.

— C'est mon ami, Simon. Il m'apprend à parler avec les mains. Est-ce qu'il pourra venir jouer avec moi ?

— Si ton papa est d'accord...

— Ne me demandez pas. Je ne suis que le chauffeur, répondit Marco, pince-sans-rire.

Ils regagnèrent la voiture, flanquée de deux SUV noirs. Ceux de l'équipe de sécurité inévitablement présente.

La plage était déserte lorsqu'ils arrivèrent. Pas par hasard, devina Kate. Après avoir mis de la crème solaire à Freya, elle remonta la dune et s'approcha du stand de glaces installé là. Le pauvre homme ne faisait pas beaucoup d'affaires.

Son visage s'éclaira lorsqu'elle commanda vingt cônes, qu'il l'aida à emporter sur le parking où étaient garés les SUV. Kate tapa à une vitre teintée.

— Vous avez bien mérité une petite compensation, déclara-t-elle lorsque la vitre s'abaissa.

Elle se hâta de redescendre sur la plage avec les trois glaces restantes, tandis que le vendeur retournait à son stand. Marco et Freya en avaient profité pour étaler une couverture sur le sable.

— Une glace pour toi...

Freya s'empara de son cône avec gourmandise.

— Une autre pour...

— Ma mère aurait fait exactement la même chose, dit Marco en indiquant le parking. Essayez-vous de vous acheter des amis ?

Kate lui jeta un regard consterné.

— Mange-la vite avant qu'elle fonde, Freya.

Elle tendit un autre cône à Marco, sans s'apercevoir qu'il penchait de plus en plus, trop occupée à lécher une coulée de glace fondue sur son poignet.

— Oh ! mince ! Désolée.

Un morceau de crème glacée venait de s'écraser sur son pantalon immaculé. Freya, à qui la scène n'avait pas échappé, éclata de rire. Kate aussi, avant de pousser un cri comme le même incident se répétait... sur elle. La fillette se tenait littéralement les côtes.

— Toujours aussi drôle ? s'enquit Marco d'un ton railleur.

Sa voix grave près de son oreille envoya un frisson brûlant le long de son échine. Elle tenta d'essuyer son T-shirt, sans succès. Elle ne réussit qu'à étaler la tache encore plus. Marco se pencha vers elle avec un mouchoir en papier. La panique la gagna. Il n'allait quand même pas... ? Elle visualisa sa main sur sa poitrine. Vivement, elle lui arracha le mouchoir des doigts avec un « merci » guindé.

— Prude, lui souffla Marco en feignant de se pencher pour attraper une serviette.

Leurs glaces terminées, il se tourna vers sa fille.

— On va nager, Freya ?

— Tous les deux ?

Sa stupeur souleva en lui une émotion indéfinissable. Ou peut-être avait-il trop honte pour la reconnaître. Il était capable d'affronter une salle entière de détracteurs l'attendant au tournant, sans flancher ni commettre un seul faux pas, sûr de lui et maître de lui-même. Mais ici, sur cette plage avec sa fille, aucun mot ne lui venait pour exprimer toutes ces choses qu'il aurait aimé lui dire. Cette volonté de renouer avec Freya, c'était à Kate qu'il la devait. Alors qu'il l'observait en coin, la fillette lui bloqua la vue en se plantant devant lui, les poings sur les hanches.

— Papa, tu es tout habillé.

Il lui décocha un sourire espiègle.

— Plus pour longtemps.

Le cœur de Kate fit un triple salto. En deux temps trois mouvements, Marco se débarrassa de sa chemise et de son costume en lin, révélant le short de bain noir qu'il portait en dessous. Freya applaudit des deux mains.

Sa propre réaction fut plus viscérale. Sa température interne grimpa en flèche. *Seigneur !* Son corps était... Oui, la perfection même. Peut-être était-ce cliché. Mais comment qualifier autrement la silhouette en V ? Les pectoraux saillants et les tablettes de chocolat ? Les jambes musclées, sculptées pour la vitesse plutôt que pour la force brute ? Il n'y avait rien en trop, ni rien qui fasse défaut.

— Vous venez, Kate ?

Elle se figea, avant de secouer la tête.

— J'ai oublié mon maillot de bain, déclara-t-elle.

C'était faux, il était dans son sac. Tant pis si Marco n'était pas dupe. Plutôt mourir que de se changer devant lui. Elle se sentait déjà assez vulnérable comme cela sans exposer son corps banal devant l'homme le plus sexy du monde.

— Allez-y, vous. Profitez-en.

— Baignez-vous en sous-vêtements, suggéra Freya. C'est ce que je fais quand j'oublie mon maillot de bain.

— Oui, Kate, baignez-vous en sous-vêtements, renchérit Marco, moqueur.

Kate le fusilla du regard.

— Cela ira, j'ai apporté un livre. Amuse-toi bien, Freya. Va nager avant qu'il fasse trop chaud.

En parlant d'avoir trop chaud... Elle avait des vapeurs rien que de regarder Marco. Père et fille se prirent par la main et, ensemble, s'élancèrent dans l'eau.

Freya s'assoupit sitôt de retour dans la voiture.

— J'ai rendez-vous avec l'équipe éducative, la semaine prochaine, dit Marco. Vous voulez bien m'accompagner ?

— Bien sûr.

— Ils m'ont dit la même chose que vous, admit-il. Je... J'ai été trop distant avec Freya. Mais cela va changer. C'est juste que...

La jeune femme attendit patiemment. Marco sentait la culpabilité lui tordre les entrailles.

— Elle ressemble tellement à sa mère.

La femme qu'il avait aimée. Le cœur de Kate saigna pour lui.

— Ce doit être très dur. Non que je comprenne ce que vous ressentez, mais... Freya a beau tenir de sa mère, elle est une personne à part entière.

— Quand je l'ai vue tout à l'heure, dans la salle de jeux... Il n'y avait aucun autre enfant à son cinquième anniversaire, murmura Marco.

— Vous étiez là, vous.

— Non, même pas. Si je m'en souviens, c'est parce

qu'un intrus s'est immiscé dans la fête, ce qui m'a conduit à renforcer la sécurité.

— Vous pouvez être là à son sixième anniversaire.

— Je préfère ne pas faire de promesse que je ne suis pas sûr de tenir, même si je le voudrais. Freya mérite un père présent et aimant, conclut-il farouchement.

Le regard de Kate glissa furtivement vers l'anneau à son annulaire gauche, symbole de ce qu'il avait perdu.

— Freya a juste envie de passer du temps avec vous. Je sais que vous aimez votre fille. Il faudrait être aveugle pour ne pas le voir. Mon père...

Elle s'interrompit en songeant à ce père qui l'aimait si fort. Et qu'elle n'arrivait pas à pardonner. Mon Dieu, ce qu'elle pouvait être stupide !

— J'ai du sable dans ma culotte !

La plainte venue du siège arrière allégea l'atmosphère. Kate éclata de rire.

— D'accord. Dès qu'on arrive, on file à la douche.

Kate nue sous la douche, l'eau chaude ruisselant sur sa peau de nacre dans un halo de vapeur... Marco peinait à se concentrer sur la route. L'image était comme imprimée dans son esprit. C'est avec soulagement qu'il franchit enfin le portail du palais.

8

Kate appliqua la touche finale de son maquillage, plus travaillé qu'à son habitude. En faisait-elle trop ? Son reflet dans le miroir était méconnaissable. Dire que certaines femmes s'adonnaient à ce rituel tous les jours ! Kate, elle, estimait que la vie était trop courte pour se prendre la tête. Les rares fois où elle se maquillait, elle se contentait d'un peu de mascara et d'un soupçon de gloss.

Néanmoins, elle savait faire un effort pour les occasions spéciales. Et quelle occasion plus spéciale qu'un bal royal ? Elle tourna la tête d'un côté, puis de l'autre devant la glace, satisfaite du résultat. Le tutoriel en ligne avait été d'une aide précieuse. Elle aimait la façon dont l'eye-liner soulignait ses yeux en amande. Et, à la troisième tentative, elle avait enfin réussi à étaler son blush comme il fallait.

— Waouh ! Vous êtes super belle !

Kate pivota sur son tabouret. La princesse la regardait avec des étoiles dans les yeux.

— Merci, Freya.

— Je peux aller m'habiller ? Promis, je ne renverserai plus rien.

Freya trépignait d'impatience dans son peignoir rose à motifs de chats. Kate sourit.

— Ce n'était que de la limonade. Ce n'est pas grave. Demande à Julia de t'aider.

La fillette fila en courant dans sa chambre.

Kate ôta son propre peignoir et le déposa sur le lit. La lingerie fine qu'elle avait choisie pour aller avec la robe ne couvrait pas grand-chose. Allant à l'encontre de l'avis de la reine, elle avait décidé de porter un soutien-gorge malgré tout. Mais le bandeau de soie sans bretelles ne faisait rien pour préserver sa pudeur. Quant à la petite culotte assortie, très échancrée et quasi non existante sur les fesses, elle tenait par de fins rubans noués sur les hanches. Le genre incitant à être dénoué par des mains masculines...

Pas ce soir, se tança Kate avant que son imagination s'aventure en terrain défendu. Elle baissa la fermeture de la housse et caressa des doigts le riche tissu bleu. Des papillons s'agitèrent dans son ventre. Elle s'était amusée de la fébrilité de Freya. Mais la vérité était qu'elle était aussi nerveuse et survoltée qu'elle. C'était absurde ! Ce n'était pas sa première soirée. D'accord, celle-ci incluait un orchestre philharmonique et des célébrités. Mais elle ne faisait même pas partie des invités. Elle n'était que la baby-sitter, déguisée en Cendrillon pour l'occasion.

Avec d'infinies précautions, elle enfila sa robe. Le même émerveillement la saisit que lors de l'essayage. Combien de fois allait-elle devoir se raisonner ? Dans ce bal de conte de fées, elle n'était qu'une figurante. Elle n'avait aucun rôle dans l'histoire. Mais l'effervescence générale était contagieuse. Difficile d'échapper au vent d'excitation soufflant sur le palais depuis des jours, jusqu'à frôler l'hystérie collective lors des ultimes préparatifs.

Dans son cas, la présence d'un certain prince y était sans doute pour quelque chose. C'est tout juste si elle ne lui faisait pas oublier les équipes de télévision se battant pour le meilleur emplacement. Ou l'orchestre complet déambulant dans les couloirs en tenue de soirée. Ou le défilé d'hélicoptères déversant dans les jardins un flot incessant d'invités.

Kate ajusta sa robe, terrifiée par la perspective d'un incident vestimentaire. Et si les fines bretelles lâchaient ? Elle se vit debout en sous-vêtements en plein milieu du bal, sa robe sur les chevilles... Elle chassa cette image de cauchemar pour se concentrer sur la sensation de la soie contre sa peau. Le délicat tissu mettait sa silhouette en valeur d'une façon qu'elle n'aurait jamais crue possible. Elle aimait le froufrou sensuel contre ses jambes quand elle marchait et la fente discrète sur le côté laissant entrevoir sa cuisse. Son unique accessoire consistait en une paire de boucles d'oreilles, cadeau de ses parents pour son dix-huitième anniversaire. Deux gouttes d'ambre de la même couleur que ses yeux.

Ce souvenir la rendit mélancolique. Mais un pincement douloureux la ramena au présent. Une mèche s'était prise dans le fermoir d'une des boucles d'oreilles. Kate la dégagea avec soin. Elle avait longuement hésité entre attacher ses cheveux en chignon ou les laisser libres. En fin de compte, elle avait opté pour un entre-deux : une coiffure semi-relevée leur permettant d'ondoyer dans son dos tout en dégageant son visage et son cou.

Elle enfilait ses escarpins en satin quand Freya réapparut, très fière dans sa jolie robe. La petite fille battit des mains en la voyant.

— Vous serez la vedette du bal, affirma Julia, la domestique qui l'accompagnait.

— Oui, renchérit Freya. Vous avez l'air d'une princesse !

— Mais c'est toi, la vraie princesse, répondit Kate en souriant.

— J'ai quelque chose à mettre dans vos cheveux.

Kate s'attendait à un horrible ornement en plastique que son tact l'obligerait à porter pour ne pas froisser la fillette. Son sourire s'estompa à la vue de la splendide étoile incrustée de diamants qu'elle lui tendait.

— Oh ! Freya, c'est magnifique ! Mais je ne peux pas. C'est beaucoup trop précieux.

— Mamie me l'a offerte à Noël. C'est à moi, alors je peux vous la donner si j'en ai envie. Ou vous la prêter pour le bal. S'il vous plaît, dites oui !

Comment résister à son regard implorant ? Kate capitula, ne voulant pas la décevoir. Même si l'idée de s'exhiber avec les bijoux de la princesse sur elle la rendait nerveuse.

— D'accord. Juste pour ce soir.

— Julia va vous aider à la mettre. Ne bougez pas, intima Freya.

— À vos ordres, mademoiselle.

— C'est très joli ! Venez, papa nous attend.

— Ah bon ?

Le cœur de Kate manqua un battement. Ce n'était pas ce qui était prévu.

— Je croyais que je devais t'emmener…

— Il est là pour nous escorter.

Pour escorter Freya. Pas elle, se répéta-t-elle fermement en quittant la nursery avec la princesse.

Marco réajusta inutilement ses boutons de manchettes, tout en faisant les cent pas dans la pièce. Le bal serait un succès. Quelle que soit son opinion de Lady Rosa, l'intendante n'avait pas son pareil pour organiser les événements les plus grandioses. Personne ne possédait son souci du détail, ni son talent pour superviser le bon déroulement des tâches.

Marco n'avait pas le trac. Captiver son public était un don naturel chez lui. Mais on pouvait être doué pour quelque chose sans pour autant y prendre du plaisir. Il détestait devoir se montrer sociable et faire la conversation à des gens que son instinct lui soufflerait d'éviter en d'autres circonstances. Il souriait aux objectifs depuis tout petit, sans cesse pomponné pour une énième séance photo. Rien de tel que braquer les projecteurs sur un adorable petit prince pour détourner l'attention de tel scandale politique ou telle crise financière.

D'ordinaire, il supportait toutes ces simagrées mondaines, pénibles mais nécessaires, en anticipant la récompense qu'il ne manquait jamais de s'octroyer ensuite. La dernière en date avait consisté en un week-end sur une île des Caraïbes appartenant à ses parents. Un cadeau de mariage, semblait-il. Pour autant qu'il sache, ils n'y avaient jamais mis les pieds. Il s'y était rendu en compagnie d'une ravissante avocate, totalement désinhibée au lit, inconditionnelle comme lui du sexe pour le sexe.

Mais il n'y aurait ni bain de minuit coquin, ni apéritif à deux au soleil couchant, cette fois. Il n'avait rien prévu. Peut-être était-ce cette omission qui le mettait à cran. Ou ses doutes sur le fait d'avoir accepté d'inclure Freya. Très protecteur envers sa fille, il aurait préféré la tenir à l'écart de tout cela le plus longtemps possible. Kate l'avait manipulé. Elle était experte dans l'art de tirer les ficelles. Et le pire était qu'il y prenait goût. Il aimait ce désir illicite qu'il éprouvait en sa compagnie. Le reste du temps aussi, d'ailleurs. Si c'était uniquement en sa présence, il dormirait mieux la nuit.

Peut-être était-ce le nœud du problème. L'attrait du fruit défendu… S'il l'avait mise dans son lit, la question ne se poserait plus. Kate Armstrong serait un agréable souvenir plutôt qu'une tentation permanente qui menaçait de le rendre fou. Mais non, il avait des principes. Coucher avec elle serait un abus de pouvoir. Jamais il ne tomberait aussi bas.

— Papa !

Marco se retourna et émit un sifflement admiratif. Freya se précipita vers lui dans sa robe de tulle rose. Il sourit en la soulevant dans ses bras. Son sourire se figea lorsqu'il vit Kate se matérialiser à son tour. Le désir le foudroya. Cette robe… Et ce corps qu'elle moulait amoureusement… Marco se sentit régresser. Un vrai adolescent gouverné par ses hormones. S'il ne tenait pas sa fille, qu'est-ce qui le retiendrait de plaquer la jeune femme contre lui et de ravager sa bouche ?

— Papa, tu m'écrases !

— Désolé.

Il posa Freya par terre et en profita pour se reprendre. Il détestait n'avoir aucun contrôle. La dernière fois qu'il avait ressenti cela, c'était lorsqu'il s'était jeté tête la première dans cette cascade, enfant, précipité vers les rochers en bas, impuissant à arrêter sa chute. C'était un miracle qu'il s'en soit sorti avec seulement quelques égratignures, d'après ce que les gens s'accordaient à dire.

Pas de miracle ce soir. Il ne pouvait compter que sur son sang-froid. En espérant qu'il tienne bon.

Le silence s'éternisait.

— Vous êtes…

Kate déglutit, cherchant une façon de finir sa phrase qui ne soit pas « à tomber à la renverse ». Ce qu'il était, indéniablement, dans un smoking taillé sur mesure. La veste ajustée dessinait sa large carrure, sur une chemise d'un blanc de neige qui rehaussait son teint hâlé. Sa haute taille et son charisme naturel faisaient le reste.

— … très élégant, termina-t-elle.

Bravo. Très inspiré.

— Votre robe est superbe, déclara-t-il à son tour.

— Merci. C'est vous qui l'avez achetée.

Il haussa un sourcil.

— Vraiment ?

— Elle était hors de prix.

Marco lui décocha un de ses sourires énigmatiques.

— La dépense en valait la peine. Êtes-vous prêtes, mesdemoiselles ?

Il tendit une main à Freya, qui la prit dans la sienne, et son bras à Kate. Un geste de pure courtoisie, totalement inoffensif. Elle était tentée de l'accepter. Mais la raison le lui déconseilla. Mieux valait éviter tout contact physique. Sa simple proximité affectait déjà sa capacité à garder les idées claires. Feignant de ne pas voir l'invitation, elle se plaça à côté de Freya et attrapa son autre main. Marco esquissa un sourire narquois. Elle l'ignora et s'adressa à la fillette.

— Quel joli collier ! dit-elle en désignant le délicat pendentif en forme de coquillage à son cou.

— C'est un cadeau de papa.

Elle croisa le regard de Marco. Grave erreur. Son cœur cognait à tout rompre, à son grand dam. Toute femme qu'il regardait avait le sentiment qu'elle seule existait sur Terre. C'était le secret de son succès. Elle n'allait pas tomber dans le panneau, elle aussi !

— Il te va à ravir, Freya.

— Et vous ? Vous n'avez pas de collier, remarqua la fillette.

Les yeux de Marco effleurèrent sa gorge dégagée. Tout son être s'embrasa comme une torche.

— Elle n'en a pas besoin, déclara-t-il.

— Et puis j'ai la pince à cheveux que tu m'as prêtée, rappela Kate en s'efforçant de surmonter son trouble.

Elle n'avait pas eu conscience de l'image qu'ils présentaient, tous les trois main dans la main. Mais, quand ils croisèrent plusieurs domestiques, cela la frappa. La scène pourrait être mal interprétée par quiconque ignorait sa position de nourrice. C'était la dernière chose dont elle avait besoin. Les commérages allaient bon train au palais. Qui sait quelles histoires circuleraient à son sujet d'ici la fin de la soirée ?

Ils atteignirent enfin un vaste hall décoré de somptueux arrangements floraux, où les invités attendaient de faire leur entrée. Tous s'écartèrent, telle la mer Rouge se divisant en deux, lorsque apparurent le couple royal et sa suite de hauts dignitaires en tenues d'apparat.

Kate lâcha la main de Freya et recula. Elle n'avait pas sa

place dans cette procession protocolaire minutieusement chorégraphiée.

— Que faites-vous ? lui lança Marco par-dessus son épaule.

— Le prince ne peut avoir qu'une princesse à son bras, déclara-t-elle.

Elle adressa un signe de la main à Freya.

— Amuse-toi bien. Et réserve-moi une danse.

Marco hocha la tête, une lueur indéchiffrable dans le regard.

— Promis.

Kate rougit.

— Je parlais à Freya.

— Moi, c'est à vous que je parlais.

Ce serait sa récompense, décida Marco. Une chance de serrer Kate dans ses bras était le moins qu'il puisse s'offrir. Pas comme il le voudrait, bien sûr. Sans doute serait-ce plus une torture qu'autre chose, qu'il regretterait ensuite. Mais ce soir, il en avait envie. Sa résolution était prise.

Le pouls de Kate s'emballa. Elle répondit d'un sourire incertain, une main pressée sur sa gorge.

— Allons-nous dans la même direction ?

Elle se tourna avec soulagement vers l'homme qui venait de l'aborder. Il lui fallut quelques secondes pour replacer l'assistant de Marco, qu'elle avait croisé une ou deux fois.

— Luca... Vous êtes très élégant, ce soir.

Le compliment parut lui faire plaisir. Il tritura son nœud papillon, révélant le double qu'il cachait dans sa poche.

— Je n'ai pas su le nouer, confessa-t-il. On m'en a prêté un à clipser.

— Cela ne se voit pas, assura-t-elle.

Ensemble, ils entrèrent dans la salle de bal par l'une des portes latérales.

— Mon Dieu, j'aurais dû apporter mes lunettes de soleil !

Entre les immenses lustres de cristal au plafond et les

invitées parées de leurs plus beaux bijoux, il y avait de quoi être éblouie.

— Je me demande si je suis assez habillée, murmura-t-elle en attrapant une flûte de champagne sur le plateau d'un serveur qui passait.

— Vous êtes splendide, affirma son compagnon.

Kate aurait été flattée si elle ne l'avait pas surpris à chercher quelqu'un des yeux dans la foule. Sa fébrilité l'amusa. Lui avait-on confié la mission de rester avec elle ? Prise de pitié, elle lui offrit une échappatoire.

— Il est temps de se mêler aux autres. À plus tard ?

La vitesse à laquelle il lui faussa compagnie la fit rire sous cape. Elle sirota son champagne, avant d'échanger sa flûte vide contre une pleine. Qui serait aussi la dernière. Elle connaissait ses limites. Ce soir, pour des raisons qu'elle préférait ne pas analyser, elle se serait volontiers autorisé un écart. Mais ivre en charge d'un enfant ? Cela ferait tache sur son CV.

Soudain, les lumières se tamisèrent, excepté celles éclairant le grand escalier. Le brouhaha des conversations mourut comme l'orchestre entamait l'hymne national. Le roi et la reine venaient d'apparaître au sommet des marches. Lentement, ils commencèrent leur descente avec une majesté solennelle. La souveraine portait une magnifique tiare éclipsant tous les autres bijoux dans la salle. Mais c'est le couple derrière eux qui retint l'attention de Kate.

Freya descendait chaque marche avec précaution dans sa robe rose vaporeuse, cherchant sans cesse du regard le soutien de son père qui lui tenait la main. Que Marco se distingue allait de soi. Aucun autre homme présent ne lui arrivait à la cheville. Mais c'était la fierté sur son visage et les mots d'encouragement qu'il soufflait à sa fille qui firent fondre Kate. Elle n'était pas la seule à être émue. Les flashs des appareils photo crépitaient de toute part pour immortaliser l'instant. Nul doute que les images feraient la une de la presse internationale.

Des images qu'elle aurait regardées avec cynisme si elle n'avait pas assisté à la scène. Et elle aurait eu tort. Ce n'était pas un vulgaire coup de publicité. Sur quoi d'autre se trompait-elle ? Elle était bien placée, à présent, pour savoir que la première impression n'était pas toujours la bonne. Que son instinct était parfois trompeur. Chacun avait sa propre histoire qui pouvait tout changer.

Que savait-elle de celle de ses parents ? Quelle chance leur avait-elle donnée de s'expliquer ? Elle n'avait fait aucun effort pour se mettre à leur place. Sa blessure était telle qu'elle avait condamné sans poser de questions, drapée dans sa supériorité morale. Avec le recul, le doute lui rongeait le cœur.

Les notes d'une valse de Strauss s'élevèrent dans la salle. Comme prévu au programme. Kate connaissait bien le morceau. Toute la semaine, elle avait entraîné Freya à danser dessus. La fillette maîtrisait parfaitement ses pas, à condition de ne pas se laisser submerger par le trac. Plusieurs couples avaient investi la piste de danse. Le roi et la reine, rompus à l'exercice, valsaient avec une précision née d'années de pratique. Mais tout le monde n'avait d'yeux que pour le prince et sa fille.

Y compris Kate. L'avait-il senti ? Marco tourna la tête, et son regard happa le sien. Une décharge l'électrisa. La musique, la foule… Tout s'effaça autour d'elle. Le monde entier se réduisait au métal en fusion de ses yeux. Elle ne s'aperçut même pas que le morceau s'était terminé. Ce furent les applaudissements des invités qui rompirent le charme.

Réel ou imaginaire, cet échange silencieux l'avait remuée. Elle regarda Marco ramener Freya auprès de ses parents, puis se diriger vers l'estrade où un micro avait été installé.

Sans surprise, le prince se révéla un excellent orateur. À croire qu'il n'y avait aucun domaine où il n'excellait pas.

Mais, avec cette voix riche et profonde, il aurait rendu même une liste de courses captivante. Le public fut envoûté dès les premiers mots lorsqu'il félicita ses parents en ce jour si spécial. Suivit un discours fervent sur l'importance du devoir et l'unité qui faisait la force de Renzoi et de son peuple. Ce n'est qu'à la toute fin qu'il annonça la vraie nouvelle, en remerciant le Conseil de sa sagesse et de son ouverture d'esprit dans sa proposition de réviser la loi de primogéniture masculine afin de rendre plus équitable l'ordre de succession royal.

Un tonnerre d'applaudissements salua son intervention. Sincère et non de pure forme, Kate en était certaine. Au moins, elle n'était pas la seule à être subjuguée. Marco remercia l'assemblée d'un sourire avant de rejoindre sa famille. Freya tapait des mains plus fort que quiconque. Son enthousiasme fit plaisir à Kate. Quelle joie de la voir prendre confiance en elle de jour en jour ! Freya était une enfant adorable, si facile à aimer…

Comme son père.

Kate se censura aussitôt. Mieux valait ne pas s'engager sur cette pente glissante. Un danger y planait, flou mais bien réel. Une possible réponse à une question qu'elle n'avait pas encore osé se poser. Dans sa panique, lorsqu'un homme l'invita à danser, ou plutôt son décolleté, elle accepta sans réfléchir.

— J'expliquais à Freya qu'elle serait reine, un jour. Mais elle est trop occupée à apprendre la salsa à ta mère.

Le roi baissa la voix.

— Est-ce approprié d'enseigner la salsa à une enfant de son âge ? Cette nouvelle nourrice… Te donne-t-elle satisfaction ?

Marco allait répondre quand un éclair de cheveux roux sur la piste de danse capta son attention. Il plissa les yeux pour identifier le partenaire de Kate. La tension quitta ses épaules lorsqu'il reconnut un courtisan marié, dont on racontait que sa femme le surveillait de près.

— Elle est très demandée. Même si nous le voulions, je doute que nous réussirions à la retenir.

Et il le voulait. Il voulait Kate Armstrong. C'était une mauvaise idée. Sa raison le savait, mais son corps n'en avait cure. Il voulait s'oublier au creux de sa chair douce et chaude.

— Au moins, Freya est plus volubile. C'est une bonne chose, observa son père. Tu dois être satisfait, n'est-ce pas ? Ton annonce a été bien accueillie. Impossible de faire marche arrière, désormais. Quant au bal, c'est un franc succès. Je prends toujours beaucoup de plaisir à ce genre d'événement. Contrairement à toi.

— Cela se voit tant que ça ?

Marco fit mine de brosser une poussière sur son col, tout en gardant un œil sur Kate.

— Pas du tout, répondit le roi. Tu es un excellent diplomate. Tu peux partir plus tôt, si tu le souhaites.

— J'apprécie ta sollicitude. Mais comment le justifierais-je ? Une soudaine migraine ?

Marco s'éloigna pour rejoindre Freya, en pleine discussion animée avec sa grand-mère.

— Tu t'amuses bien ?

— Oui ! Papa, je crois qu'une dame là-bas te fait signe.

Il suivit la direction qu'indiquait son doigt. Une séduisante blonde agitait effectivement la main. Marco mit un certain temps à se remémorer son nom.

Le sourire poli de Kate se crispa aux commissures. Son cavalier venait de lui marcher sur le pied. Une fois de plus.

— Ai-je mentionné que ma femme n'était pas là ? Sa sœur est malade. Je suis livré à moi-même, ce soir.

Non. Vous étiez trop occupé à m'expliquer à quel point vous étiez important.

— Vraiment ? Quel dommage ! répondit-elle avec une feinte sympathie.

Son esprit était ailleurs. À l'autre bout de la salle, une blonde sculpturale, moulée dans une robe semblant avoir été cousue sur elle, bavardait avec Marco, une main posée sur son bras. Leurs visages étaient si proches qu'ils se touchaient presque. Kate savait qui elle était. Elle avait fait une recherche à la suite des rumeurs circulant parmi le personnel. Simple curiosité. Quant à l'étau qui lui comprimait la poitrine, ce n'était qu'un effet du stress, rien d'autre.

Marco se pencha plus près, ses cheveux noirs contrastant avec la blondeur platine de sa compagne. L'étau se resserra d'un cran. Distraite, Kate fit un faux pas.

— Vous m'avez écrasé le pied ! geignit son partenaire d'un air outré.

Après le supplice auquel il avait soumis ses orteils, ce n'était qu'un juste retour des choses. Kate se garda de le lui faire remarquer.

— Oh ! toutes mes excuses.

— Ma femme danse très bien.

Au moins, ses mains baladeuses laissèrent ses fesses tranquilles. Peu après, il se mit à boitiller, s'excusa et prit congé, pour le plus grand soulagement de Kate.

— Jackie, tu as l'air en forme.

— Ne t'inquiète pas, *darling*. Je ne suis pas venue te courir après. J'accompagne quelqu'un.

Marco ne s'occupait pas lui-même des listes d'invités. Toute requête personnelle passait par son bureau. Immunisé contre son sourire aguicheur, il se demandait ce qu'il avait bien pu trouver à ses minauderies.

— Tu as l'air sceptique…

Pour être sceptique, encore faudrait-il qu'il s'intéresse un tant soit peu à la conversation. Il devait surtout avoir l'air de s'ennuyer.

— Plus sérieusement, Lawrence… C'est lui que j'accompagne.

Lawrence, reprit-elle, espérait obtenir une entrevue. Des rumeurs circulent sur un agrandissement de l'aéroport, et tu sais qu'il...

— Oui, je sais qui est Lawrence Milton, intervint Marco. Mais la réponse est non. Il n'y aura pas d'agrandissement, donc inutile d'essayer de m'amadouer.

Le sourire de la jeune femme flancha légèrement.

— Oh ! je l'ai prévenu que tu n'étais pas un homme facile à convaincre et que mon influence était limitée.

« Inexistante » serait plus exact.

— Mais cela ne coûte rien d'essayer, si ?

— Pas d'agrandissement, répéta Marco.

L'enjeu était d'ordre écologique. Accroître le flux touristique détruirait ce qui attirait justement les visiteurs sur l'île. C'était une question d'équilibre.

— Ah... Eh bien, merci pour l'info.

L'expression de la jeune femme se fit nostalgique.

— On a passé de bons moments tous les deux, pas vrai ?

Marco leva un sourcil.

— Sentimentale ? Cela ne te ressemble pas.

Elle haussa les épaules.

— Tout le monde change. Même toi.

Ignorant sa remarque, il l'embrassa sur la joue avant de s'en aller, à la recherche d'une certaine nourrice.

La piste de danse était devenue le point de mire de l'assemblée. Kate ne tarda pas à découvrir pourquoi : Freya, auparavant si timide, semblait avoir libéré sa diva intérieure au bras de son grand-père. Alors que s'achevaient les dernières mesures, elle s'inclina devant le roi et applaudit. Les invités avaient interdiction de filmer ou de prendre des photos. Seuls les photographes et équipes de télévision habilités le pouvaient, et le Palais se réservait un droit de regard sur ce qu'ils diffusaient. L'image, si elle était rendue publique, capturerait le cœur de millions de personnes. Mais Kate doutait que cela arrive. Marco était bien trop protecteur envers sa fille.

Freya la repéra et joua des coudes à travers la foule en l'appelant. Tous les regards se tournèrent vers elle. Si quelqu'un ignorait qu'elle était la nourrice, désormais tout le monde était au courant. La fillette lui prit la main et l'entraîna sur la piste. Elle était surexcitée, comme tous les enfants épuisés par trop de stimulations. D'ordinaire sage comme une image, elle se mettait à bouder pour un oui ou pour un non. Tout cela pouvait facilement se finir en pleurs. Kate ne put réprimer un sourire lorsque Freya requit une salsa d'un ton impérieux. La fillette tenait plus de son père qu'il n'y paraissait. Le chef d'orchestre se prêta au jeu, sous les rires amusés des invités.

— Vous aviez promis, insista-t-elle comme Kate hésitait.

Dans l'état de fatigue où elle était, mieux valait éviter de la contrarier. Gérer une crise de larmes devant tout le gratin de Renzoi était la dernière chose dont Kate avait besoin.

— D'accord. Une danse. Et après, au lit.

Freya fit mine de protester, avant de céder en soupirant. *Dieu merci.*

D'autres invités se joignirent à elles sur la piste. Alors qu'elle guidait la fillette dans les pas qu'elles avaient répétés ensemble, le regard de Kate s'attacha à un jeune couple complice, qui se mouvait au rythme de la musique avec une incroyable sensualité. Qu'est-ce que cela ferait de danser ainsi avec Marco ? Leurs deux corps étroitement enlacés, ondulant à l'unisson... Une douce fièvre l'inonda. Elle se hâta de chasser cette image.

La salsa terminée, Kate balaya la salle des yeux, sans parvenir à repérer Marco. Avec sa haute stature, il ne passait pourtant pas inaperçu. La belle blonde à qui il parlait plus tôt n'était nulle part en vue non plus. *Quelle coïncidence !* songea

Kate avec aigreur. Freya était exténuée. En l'absence de son père, elle prit d'elle-même la décision qui s'imposait. Après tout, c'était son travail, non ?

— Viens, allons dire bonne nuit à tes grands-parents.

Une main sur son épaule, elle emmena la fillette vers l'estrade d'où le roi et la reine suivaient les festivités, entourés de quelques privilégiés. Lady Rosa, qui avait organisé le bal, n'en faisait pas partie. Le roi avait au moins la décence de ne pas embarrasser sa femme publiquement.

Marco poussa un soupir, agacé par l'interruption.

— Oui ?

Son chef de la sécurité, comme le reste de l'équipe, portait un smoking de manière à se fondre dans le décor. Le résultat n'était guère concluant.

— Quel est le problème ?

Avec ses dix ans d'expérience dans les forces spéciales, l'homme était censé gérer n'importe quelle situation imprévue. C'était ce pour quoi il était payé.

— Un hélicoptère s'est aventuré en zone d'exclusion aérienne, expliqua-t-il. Aucun danger. Juste une équipe de tournage opportuniste. Deux de nos appareils les escortent vers l'aéroport en ce moment même.

— Si tout est sous contrôle, en quoi cela me concerne-t-il ?

— Je l'ignore, Votre Altesse. J'ai fait mon rapport au roi, qui a requis que vous examiniez l'affaire personnellement.

Marco tourna la tête. À l'autre extrémité de la salle, le monarque lui adressa un discret signe de connivence. C'était donc cela. Son père lui servait une excuse sur un plateau d'argent pour qu'il puisse s'éclipser. En temps normal, Marco aurait sauté sur cette chance. Quelle ironie que cela tombe le soir où il avait d'autres projets !

Il serra les dents. Un ordre royal ne se discutait pas.

— Très bien. Je vous suis.

Kate avait développé un secret mépris pour le roi. Pourtant, lorsqu'elle se retrouva devant lui, elle se surprit à faire la révérence, elle qui s'était juré de ne s'incliner devant personne. Le souverain, comme sa femme, se révélait très accessible, beaucoup moins intimidant que son fils. Mais peut-être la présence de Freya y était-elle pour quelque chose. Difficile de maintenir une posture hautaine face à une enfant de cinq ans se plaignant de s'ennuyer. En fin de compte, Kate avait survécu au calvaire des présentations officielles. Et sans commettre de gaffe.

— Où est papa ?

Freya rechignait à se mettre au lit, soutenant qu'elle n'était pas du tout fatiguée.

— Je ne sais pas, répondit Kate.

Elle avait bien une idée, qui impliquait une certaine blonde aux jambes interminables.

— Voilà ce que je te propose. Ferme les yeux, et si tu es encore réveillée dans quelques minutes je te lis une histoire. D'accord ?

Tout en parlant, elle éteignit la lampe de chevet, puis le plafonnier.

— Je ne vais pas m'endormir, affirma Freya.

Kate lui caressa les cheveux en souriant, avant de faire le tour de la chambre dans la pénombre pour ramasser les vêtements éparpillés par terre. Elle n'avait pas terminé que la fillette dormait profondément.

Si seulement elle parvenait à en faire autant... Dans son appartement, Kate tournait en rond. La soirée rejouait en boucle dans sa tête. En particulier le regard intense qu'elle et Marco avaient échangé à travers la salle. Même maintenant, ce souvenir allumait des étincelles dans le creux de son ventre.

Le bal se poursuivait. Mais son devoir rempli, rien

n'empêchait le prince de profiter d'un divertissement plus privé. Sa poitrine se serra. Pourquoi pensait-elle à cela ? Elle devait vraiment être masochiste ! Ce n'était pas comme si elle ignorait le genre de vie qu'il menait. Seulement… C'était une chose de le savoir, une autre de le voir en action. Marco était un séducteur-né. Il n'avait pas mis longtemps à disparaître avec sa conquête. En ce moment même, une blonde sublime partageait le lit de son patron. Kate ne l'enviait pas. Le sexe sans lendemain, ce n'était pas pour elle. Elle se réservait pour une relation sérieuse, fondée sur des sentiments profonds.

« Kate ne revient jamais sur ses principes. »

Les mots de son frère lui donnèrent à réfléchir. Il n'aurait pas eu tort, auparavant. Mais elle avait changé. Depuis qu'elle vivait au palais, ses idées préconçues étaient remises en question les unes après les autres. Par Marco. Par les émotions qu'il faisait naître en elle.

Kate hésita. Une nuit de sommeil lui ferait du bien. Mais elle doutait de réussir à dormir, vu son état d'agitation. Un bain l'aiderait peut-être à se relaxer ? La brise légère entrant par la fenêtre ouverte lui donna une autre idée. Elle renfila ses escarpins et grimaça de douleur. La pression sur ses voûtes plantaires la mettait au supplice. Bon, plus de talons pendant quelques jours. Même ce soir… Pourquoi s'embarrasser de chaussures ? Là, tout de suite, marcher pieds nus dans l'herbe était exactement ce qu'il lui fallait.

9

Marco était sûr à quatre-vingt-dix-neuf pour cent que l'ordre de son père de superviser les opérations à l'aéroport était un prétexte pour lui permettre de quitter le bal. Mais impossible d'écarter le un pour cent restant. Et s'il y avait une raison légitime à son envoi sur place ?

Cette éventualité s'évanouit rapidement. Les hommes de la sécurité connaissaient leur travail. Sa présence royale était plus une entrave qu'autre chose. Après s'être assuré que tout était sous contrôle, il réquisitionna une jeep pour rentrer au palais. Un sourire incurva ses lèvres alors qu'il négociait un nouveau virage en épingle. C'était justement sur cette route, au volant d'une jeep similaire, qu'il avait appris seul à conduire. Il avait même été puni pour son inconscience.

Puni. Le pire qui puisse arriver à un adolescent rebelle. Marco éprouva une certaine nostalgie. Tout était simple, à l'époque. Quand sa vie était-elle devenue aussi compliquée ? En parlant de complications…

L'image de Kate dans sa robe bleue se dessina dans son esprit. Il n'avait pas été le seul à suivre des yeux ses moindres déplacements. À admirer sa chevelure et sa beauté hors du commun. Ce n'était pas dans sa tête qu'il la voulait, mais dans son lit. C'était aussi simple que cela. Il inventait des complications là où il n'y en avait pas. Ne pas coucher avec ses employées était sa propre règle. Qu'est-ce qui l'empêchait de la révoquer ?

Le bal battait toujours son plein lorsqu'il se glissa à l'intérieur du palais par les cuisines. Au milieu du couloir menant à la salle, il s'arrêta net. Les serveurs défilant d'un pas pressé le contournaient avec l'air de se demander quelle mouche le piquait. Marco se posait la même question. Son père lui avait offert l'excuse parfaite pour filer. Quel détenu libéré de prison reviendrait de lui-même s'enfermer dans sa cellule ? Il faudrait qu'il soit masochiste pour retourner au bal maintenant.

Sur un coup de tête, il rebroussa chemin, s'empara d'une bouteille de champagne dans une des chambres froides et sortit dans la nuit.

Il laissa ses pas le diriger au hasard. Non, pas au hasard. Il ne l'admit qu'après coup, mais c'était son désir qui l'avait guidé. C'était cet échange de regards avec Kate, saturé de tension sexuelle. Il était grand temps d'y remédier. Deux adultes qui avaient envie l'un de l'autre ne devraient rien avoir de compliqué. Au diable les conséquences.

Ah, les petites joies simples ! Kate poussa un soupir comblé. L'herbe était fraîche sous ses pieds endoloris. La vue, spectaculaire depuis le belvédère proche de la nursery. La mer infinie au-delà des remparts illuminés de la ville avait quelque chose d'apaisant. Kate ferma les yeux pour mieux absorber la sérénité ambiante et sentit ses muscles se dénouer peu à peu. Était-ce de la musique qu'elle entendait ou juste le vent dans les arbres ? Aucune importance. Elle oscilla doucement, puis se laissa porter par la mélodie silencieuse, virevoltant sur l'herbe, la tête renversée en arrière, sa robe flottant autour d'elle. Sa dernière pirouette s'acheva en révérence devant son public imaginaire.

Enfin, pas si imaginaire que cela.

Elle se redressa brusquement, le cœur battant. *Adieu détente et plénitude.*

— Que faites-vous là ? demanda-t-elle avec hargne.

— J'habite ici. Superbe prestation.

Kate n'avait jamais été aussi belle dans sa longue robe soulevée par la brise. Elle lui évoquait ces prêtresses vierges des civilisations anciennes aux danses hypnotiques. Marco la dévorait des yeux, gravant chaque détail dans sa mémoire. La vue de ses pieds nus le fit sourire.

— Avez-vous perdu vos chaussures, Cendrillon ?

La jeune femme se renfrogna.

— Elles ne sont pas perdues. Je sais exactement où elles sont.

Dommage qu'elle ne puisse pas en dire autant de son bon sens. Ses yeux étaient aimantés aux lèvres de Marco. À quand remontait la dernière fois qu'elle s'était sentie aux commandes de sa vie ? Au moins, à son arrivée au palais, elle pouvait encore se vanter de savoir ce qui était bien ou mal. Mais même cela lui échappait à force de côtoyer cet homme. C'était mal de le désirer. Et pourtant...

Sur quoi d'autre s'était-elle trompée ?

Des émotions qu'elle ignorait posséder la tiraillaient sans relâche. Elle avançait à tâtons, ébranlée dans ses certitudes. Tourmentée par ce vide en elle, ce désir de *plus*... Elle avait le sentiment de jouer les funambules au-dessus d'un précipice. Pas étonnant qu'elle soit aussi à cran.

— Êtes-vous venu souhaiter une bonne nuit à Freya ? demanda-t-elle.

Sortez-vous tout droit du lit de votre amante ? Seigneur, voilà qu'elle était jalouse, maintenant ! Non seulement cela ne lui ressemblait pas, mais elle n'en avait aucun droit.

— Je crains qu'elle ne dorme déjà.

— Tant mieux, répondit-il. Toutes les filles sages dorment à cette heure-là.

Sa voix prit un accent suave.

— Et vous, Cendrillon ? Êtes-vous une fille sage ?

Kate s'humecta les lèvres, tentée de se boucher les oreilles pour mieux se prémunir contre le dangereux pouvoir de suggestion de ses mots.

— Il faut croire que non puisque je suis là. Je n'ai pas besoin d'un prince pour me donner la permission de minuit.

Encore moins pour la sauver. C'était plutôt du prince lui-même qu'elle avait besoin d'être sauvée. Elle alla s'asseoir dans l'herbe plus loin, juste pour mettre de la distance entre eux. Rétablir un périmètre de sécurité. En vain. Marco s'approcha d'elle.

— Puis-je m'asseoir avec vous ?

— Vous êtes chez vous. Vous faites ce que vous voulez.

Une réponse puérile. Mais elle ne pouvait décemment pas décliner. Ses sens frémirent lorsqu'il s'installa à côté d'elle. Pas assez près pour déclencher le mode alerte rouge, mais suffisamment pour la rendre nerveuse.

— J'avais envie de prendre l'air, dit-elle, histoire de combler le silence.

— Moi aussi.

Il déboucha d'une main de maître la bouteille qu'il avait apportée.

— On voit que vous avez l'habitude, remarqua-t-elle.

— Si nous portions un toast ?

— À quoi ?

Kate avait la troublante impression que cet échange de banalités n'était qu'un prélude. *À quoi ?* Peut-être était-ce cela, la vraie question.

— À la vue ?

Ses yeux gris se plantèrent dans les siens.

— J'ai oublié les verres, confessa-t-il avec un sourire en coin.

Son attitude était étrange. Mi-badine, mi-séductrice. Peut-être n'en était-il pas à sa première bouteille ?

— Je n'ai pas bu une goutte d'alcool, dit-il comme s'il lisait dans ses pensées. Bon, tant pis pour les bonnes manières.

Il leva la bouteille tel un trophée, la porta à ses lèvres et avala une grande gorgée.

— Maintenant que c'est débouché, ce serait dommage de gaspiller, vous ne croyez pas ?

Kate répondit au défi dans ses yeux en lui prenant la bouteille des mains. Comme lui, elle but une longue gorgée. Mais l'effet fut quelque peu gâché lorsqu'elle avala de travers et partit en quinte de toux.

— Soirée arrosée ?

— J'ai bu deux verres. Ma limite, avoua-t-elle.

— Alors vous prenez des risques, ce soir ?

Leurs regards s'accrochèrent. Un délicieux frisson fusa le long de sa colonne vertébrale.

— Ce n'est pas mon genre.

Parfois, elle le regrettait. Marco reprit un peu de champagne.

— Qu'est-ce qui vous fait dire cela, *cara* ?

— J'ai toujours été la fille sérieuse et responsable à la maison. C'est Jake, le grand émotif qui agit sans réfléchir.

Elle rit en réalisant combien les rôles s'étaient inversés.

— Qu'y a-t-il de drôle ?

— Oh ! rien de spécial.

Marco haussa un sourcil, mais s'abstint de tout commentaire. Elle le regarda lever la bouteille à ses lèvres, fascinée par le mouvement de sa gorge alors qu'il avalait une nouvelle longue gorgée. Un éclair de pur désir la traversa. Il posa la bouteille et tourna la tête vers elle. Dans un accès d'audace, elle soutint son regard. Elle ne tint que quelques secondes avant que la flamme dans ses prunelles lui fasse baisser les yeux. Son pouls battait violemment. Jamais elle n'avait rien éprouvé de tel, ni n'aurait cru que cela lui arrive un jour.

Un silence s'installa. Pas un de ces silences confortables entre amis. Un silence combustible. La tension était telle que la plus infime étincelle mettrait le feu aux poudres. Pourtant, assise là aux côtés du prince, elle ressentait une inexplicable connexion avec lui.

— Tout s'est bien passé, ce soir. Vous devez vous réjouir ?

Sa voix semblait forcée, même à ses oreilles.

— Ai-je pris la bonne décision ? s'interrogea-t-il tout haut. Qui sait si ma fille ne me le reprochera pas, un jour ? Je n'avais même pas considéré cette éventualité, vous savez. Qu'elle puisse ne pas vouloir être reine. Qu'elle voie cela comme un fardeau plus qu'un cadeau. J'ai dû me battre pour l'emporter. Peut-être pensais-je surtout à moi…

Ces derniers mots résonnaient comme une autocondamnation.

— Freya peut toujours refuser, observa Kate. Vous aussi auriez pu si vous l'aviez voulu.

Il se tourna vers elle, l'expression indéchiffrable.

— C'est vrai. Mais cela ne m'a jamais traversé l'esprit. Le devoir royal n'est pas optionnel. Je ne l'ai pas combattu, j'ai simplement appris à en faire abstraction. Un peu comme les gardes du corps… Au bout d'un moment, on ne les remarque plus.

Kate doutait d'en être capable. Elle frissonna au souvenir de la scène dans les jardins. Marco dut deviner à quoi elle pensait, car il sourit.

— C'est différent pour moi. J'ai toujours vécu sous le feu des projecteurs, jugé sur mes moindres faits et gestes. Je ne prétends pas être une victime. Loin de là. J'ai conscience de mener une vie privilégiée, tout en jouissant d'une grande liberté.

— On ne vous a pas poussé à faire un mariage arrangé, comme vos parents ?

— Le mariage de mes parents n'était pas arrangé.

Kate se mordit la lèvre.

— Oh ! désolée. Je croyais...

— Parce que mon père a une maîtresse et que ma mère fait semblant de ne rien voir ? Oui, cela se comprend. Mais non, mes parents se sont mariés par amour.

Sa voix suintait le dédain.

— Cela a fait scandale, à l'époque. Tous les deux étaient promis à d'autres partis. Il faut croire que l'amour n'est pas si éternel.

Dans son arrogance, Marco avait cru avoir évité le piège auquel avaient succombé ses parents. La solution était de ne pas tomber amoureux. Il n'y avait ni souffrance ni humiliation dans un mariage d'amitié. C'était ce qu'il pensait. Mais le pouvoir destructeur de l'amour avait eu le dernier mot.

— Votre père... Le roi... Il s'est montré très poli quand...

— Mon père est toujours poli. Quant à ma mère, elle cultive un flegme à toute épreuve. Sur le papier, ils forment le couple idéal, ironisa Marco.

On aurait pu en dire autant de Belle et lui.

— Il est exactement comme sur les photos, commenta Kate. Très aristocratique. Aviez-vous une maîtresse quand...

Elle plaqua une main horrifiée sur sa bouche.

— Mon Dieu, je suis désolée ! C'était totalement déplacé.

— Non, c'est une question légitime. Mais non, pas de maîtresse. Peut-être aurais-je fini par en prendre une, ajouta-t-il avec une grimace. Rien à voir avec le mariage de vos parents, j'imagine ?

La jeune femme eut un rire jaune.

— Mes parents ? Je ne sais même pas s'ils sont mariés. J'ignore qui ils sont. Le couple qui m'a adoptée, lui, s'aime. Du moins l'ai-je toujours cru. Mais j'ai aussi toujours cru qu'ils étaient mes vrais parents. Je pensais tout savoir…

Sa voix se fêla.

— Je ne sais pas pourquoi je vous raconte tout cela. C'est tellement embarrassant ! Je déteste pleurnicher.

Elle baissa la tête, cachant son émotion derrière le rideau de ses cheveux.

Marco ne comptait plus le nombre de fois où on avait fait jouer les grandes eaux pour obtenir une réaction de sa part. Ce genre de ruse lui laissait toujours un goût amer. Dans ces cas-là, il se contentait de tourner les talons. Kate était différente. Ses larmes étaient sincères et sa gêne aussi. Au lieu de le faire fuir, elles lui donnaient envie de la réconforter. Mais, peu accoutumé à l'exercice, il ne savait comment s'y prendre. Il s'était rarement senti aussi impuissant. Le désir, le sexe… Cela, il maîtrisait. Tout était plus simple, d'habitude, quand une femme lui plaisait.

Il lui souleva doucement le menton. Ses yeux étaient humides de larmes. Comment une femme aussi forte et indépendante pouvait-elle être aussi fragile à la fois ? Son instinct lui soufflait qu'elle détestait cette facette d'elle.

— En effet, pleurer ne vous va pas. Vous avez une mine affreuse.

C'était faux. Elle était magnifique.

Son regard brilla d'indignation l'espace d'une seconde. Puis elle secoua la tête avec un petit rire.

— Je suis vraiment ridicule, n'est-ce pas ?

Marco sourit.

— Pas du tout. Vous n'avez fait que répondre à ma question.

Il évitait ce genre de complication, en temps normal. Pourquoi l'interroger sur sa vie personnelle ? Ses motivations restaient un mystère. Mais peut-être avait-il tout simplement envie de savoir ?

— Alors vous avez récemment découvert que vous étiez adoptée ?

Kate confirma d'un hochement de tête.

— Quand ma grand-mère est décédée.

Cela faisait du bien de s'épancher, découvrait-elle. Elle gardait tout en elle depuis si longtemps ! Raconter son histoire était libérateur. Même si le prince était la dernière personne à qui elle aurait imaginé se confier.

— Enfin, la femme que je croyais être ma grand-mère. En triant ses papiers, je suis tombée sur les documents d'adoption. C'est comme cela que j'ai découvert que toute ma vie n'était qu'un mensonge.

— Donc vous et votre frère... Est-il plus jeune ou plus âgé ?

— Il a un an de plus que moi.

— Vous avez tous les deux été adoptés. Comment l'a-t-il pris ?

— Il était déjà au courant.

Toute sa colère remonta à la surface.

— Il le savait depuis des années et ne m'a rien dit. Je croyais que nous étions proches ! Le pire est que c'est lui qui m'en veut ! Jake dit que je cherche à punir nos parents.

— Est-ce le cas ?

Elle allait nier avec véhémence, mais se ravisa et poussa un soupir.

— Peut-être, admit-elle. Du jour au lendemain, je ne savais plus comment me comporter avec eux. C'était surréaliste. J'aurais dû m'en douter, non ? Les gens sentent ce genre de choses. Jake, oui, en tout cas. Il a cherché des preuves quand il a eu des soupçons. Il a retrouvé la trace de ses parents biologiques. Mais sa mère est morte, et son père a une autre famille et ne veut pas entendre parler de lui.

— Cela a dû être un coup dur. Peut-être voulait-il vous protéger, suggéra Marco.

— Je n'ai pas besoin qu'on me protège ! s'emporta Kate. Je ne suis plus une gamine !

— Soit. Alors peut-être est-ce vos parents qui avaient peur de vous en parler ? Plus ils repoussaient l'échéance, plus ils culpabilisaient. Leur avez-vous posé la question ?

— Je ne leur parle plus. Ils m'ont menti.

Mais le doute la tenaillait.

— Ils ont fait une erreur. Cela arrive à tout le monde, dit Marco. Aimeriez-vous savoir qui sont vos parents biologiques ?

— Non. Ils ne voulaient pas de moi. Pourquoi les chercherais-je ?

Elle secoua la tête.

— Je ne sais vraiment pas pourquoi je vous raconte tout cela.

— Peut-être est-ce ma personnalité bienveillante ? plaisanta Marco. Non ? Alors peut-être étais-je simplement là au bon moment.

Il souleva la bouteille vide et l'agita avec un sourire moqueur.

— À moins que… ?

— Je n'ai bu que quelques gorgées, objecta Kate. Si c'était la raison, c'est vous qui m'auriez dévoilé vos plus sombres secrets.

— Oh ! la nuit ne fait que commencer, *cara*.

— Pas vraiment.

Elle consulta sa montre. Alors qu'elle faisait mine de se lever, Marco la retint par le bras.

— Pas si vite, Cendrillon. Vous m'aviez promis une danse, non ?

Kate se rassit. Sa peau la brûlait là où il l'avait touchée, comme marquée au fer rouge. Elle feignit l'agacement.

— Vous n'êtes pas sérieux…

— Je suis *toujours* sérieux, répliqua-t-il avec intensité.

Le cœur de Kate s'emballa.

— Même après avoir bu toute une bouteille de champagne ?

Il rit et, d'un bond souple, se leva en l'entraînant avec lui.

— Croyez-moi, il en faut plus pour me rendre ivre. Dansez avec moi, insista-t-il.

— Il n'y a pas de musique, répliqua-t-elle, troublée par la tournure que prenait la situation.

— Cela ne vous a pas arrêtée, tout à l'heure.

D'autorité, il attrapa ses deux mains qu'il plaça sur ses épaules, avant de poser les siennes sur sa taille.

— Et vous voudriez me faire croire que vous n'êtes pas soûl ?

Son rire rocailleux se répercuta dans sa poitrine. Ses yeux gris étaient chevillés aux siens. L'air manquait à Kate. Elle avait besoin d'espace entre eux. Sa proximité court-circuitait ses facultés mentales. Où était passé son professionnalisme ? La chaleur moite entre ses cuisses n'avait absolument rien de professionnel !

— Vous êtes très belle.

Elle roula les yeux.

— C'est officiel. Ce n'était pas votre première bouteille.

— Vous êtes la femme la plus étrange que j'aie rencontrée, pleine de contradictions.

— Oui, une vraie énigme.

Lorsqu'il commença à bouger, elle se laissa entraîner malgré elle. Difficile de lutter. Il était un danseur accompli. Naturellement. Le prince Marco Zanetti excellait en tout. Les gens trop parfaits n'étaient-ils pas censés être ennuyeux ? Kate avait beau essayer de s'en convaincre, ses pensées dérivaient vers un autre de ses talents. Sa réputation d'amant hors pair était-elle exagérée ?

Avait-elle vraiment envie de le savoir ?

— Ah, vous entendez la musique, vous aussi ?

— Non...

Mais son corps semblait avoir été programmé pour suivre le sien. Poussée par la main dans le creux de son dos, elle se retrouva contre un mur de muscles, enveloppée par sa chaleur. Son cœur menaçait d'éclater dans sa poitrine. Elle devait être en train de rêver. Mais non, rien n'était plus réel que la pression de l'érection de Marco contre son ventre. Un sourire carnassier étira ses lèvres. Kate sentit un feu liquide déferler dans ses veines. L'air autour d'eux crépitait d'énergie érotique. Son instinct de préservation l'avait désertée, et le désir sans fard dans les yeux de Marco confirma ce qu'elle savait déjà : ils avaient franchi le point de non-retour. Peu importaient les conséquences.

Comme au ralenti, il pencha la tête vers elle. Alors elle alla à sa rencontre, avide d'un contact plus intime. Une fois de plus, la bouche de Marco opéra sa magie, engageant la sienne dans un voluptueux ballet. Le brasier en elle s'intensifia. Elle voulait plus. Tellement plus ! Kate n'avait jamais rien ressenti de tel. Elle ignorait même qu'une telle passion puisse exister.

Marco lui mordit la lèvre inférieure et profita de sa surprise pour approfondir leur baiser. Leurs corps s'emboîtaient à la perfection tandis qu'ils continuaient à se mouvoir sur l'herbe, de plus en plus lentement, jusqu'à s'immobiliser totalement. Le temps se suspendit. Kate attendait, les yeux captifs de ceux de Marco, les mains à plat contre son torse viril. Tout son être frémissait d'anticipation.

L'index de Marco traça la ligne de sa mâchoire, puis glissa vers sa gorge. Ses lèvres prirent le relais, butinant le creux délicat où battait son pouls. Kate sentait d'infimes spasmes agiter son corps puissant, comme si contenir son désir lui coûtait un tel effort qu'il en tremblait.

— Déshabille-toi, susurra-t-il. Je veux te voir nue, *cara*. Je veux te toucher et m'enfouir en toi, et y rester toute la nuit.

Ses mots excitèrent Kate. Un désir ardent palpitait au cœur même de sa féminité. D'instinct, son corps se mit à onduler contre le sien.

— Pas ici, balbutia-t-elle, la respiration hachée.

Marco la dévisagea un instant. Ses pupilles étaient si dilatées qu'elles mangeaient le gris de ses yeux. Sans un mot, il la souleva dans ses bras et se dirigea vers le palais, tel un guerrier victorieux raflant le butin lui revenant. Mais elle n'était pas une victime, loin de là. Non seulement elle consentait à son kidnapping, mais elle y participait activement.

Ils ne croisèrent personne dans les couloirs. À ce stade, elle s'en moquait. Marco zigzaguait et se cognait contre les murs tandis qu'ils s'embrassaient avec frénésie. Arrivé à son appartement, il la déposa près du lit. Elle frissonna en le voyant fermer la porte à clé.

— Avoir un public n'est pas mon truc, plaisanta-t-il. Quoique, dans le feu de l'action, pas sûr qu'on le remarque...

Kate écarquilla des yeux horrifiés à l'idée qu'ils soient pris en flagrant délit.

— Ne t'inquiète pas, ajouta-t-il en souriant. J'ai d'autres fantasmes que je suis tout disposé à partager.

Il la rejoignit et se pencha pour l'embrasser.

— Et toi, Kate ? Quel est ton plus grand fantasme ? murmura-t-il contre ses lèvres.

— Toi, répondit-elle en toute honnêteté.

La réponse rauque en italien l'émoustilla. Pas besoin de traduction : son regard incandescent parlait de lui-même. Il chercha la fermeture Éclair de sa robe, qu'il tira jusqu'au bas de son dos. Ses doigts voletant sur sa peau en feu lui donnaient le vertige. Puis il fit glisser les fines bretelles le long de ses épaules et regarda la robe tomber sur ses chevilles.

Debout devant lui en soutien-gorge et culotte, Kate sentit ses vieux complexes la rattraper. Le silence s'éternisait. Était-il déçu ? Elle n'avait rien des mannequins aux courbes affolantes qu'il avait l'habitude de séduire.

— Tu es encore plus belle que je l'avais imaginé, souffla-t-il. Je rêve de ce moment depuis la seconde où je t'ai vue.

Il était sincère. Elle le lisait dans ses yeux. Il glissa un index sous le bord du soutien-gorge, et ses tétons durcirent aussitôt contre la soie légère. Un sourire approbateur incurva ses lèvres.

— Tu es si sensible…

Il parsema son décolleté de baisers fiévreux, avant de baisser les coques l'une après l'autre. Son regard brillant de convoitise erra sur ses seins nus. Tout en dégrafant le soutien-gorge, il aspira une pointe dans sa bouche, qu'il se mit à sucer avec gourmandise. Le plaisir irradia en elle. Kate se cambra en lui agrippant les cheveux pour maintenir son visage contre sa poitrine. Elle se tortillait, chavirée, frustrée de ne pouvoir lui rendre la pareille. Pourquoi était-il encore tout habillé ?

Elle s'attaqua à ses vêtements, maladroitement, tirant à l'aveugle ici et là. Enfin, ses doigts entrèrent en contact avec la peau brûlante de Marco. Elle imprima un baiser sur son torse et, à son tour, captura un téton entre ses lèvres. Marco poussa un grognement quasi animal qui l'enchanta. Alors elle aussi était capable de lui faire cet effet ! Pour la première fois, elle mesurait toute l'étendue du pouvoir de sa féminité. La sensation était grisante, à tel point que ses jambes flageolaient. Mais peu importait, car elle était sur le lit à présent, Marco au-dessus d'elle, en train de lui enlever sa petite culotte.

Marco se faisait l'effet d'un volcan au bord de l'éruption. Jamais il n'avait désiré une femme comme il désirait Kate. C'était plus que du désir. C'était une soif viscérale, gravée dans chaque fibre de son être. Kate était son oasis dans le désert. Il contempla son corps offert. La peau de nacre. Les seins ronds et fermes. La toison cuivrée entre ses cuisses. Il aurait pu l'admirer pendant des heures, subjugué par sa beauté. C'est la prière silencieuse dans ses yeux d'ambre qui le poussa à l'action.

10

Kate retenait son souffle tandis que Marco enlevait sa chemise, révélant son torse bronzé. Puis ce fut au tour du pantalon et du boxer. Elle déglutit. Il était époustouflant. Un dieu grec éclatant de vitalité, tout en muscles ciselés. Son ventre se contracta. Le désir la consumait, un désir primitif qu'aucun mot ne pouvait exprimer. Lorsqu'il s'allongea près d'elle, la chaleur de sa peau contre la sienne lui arracha un soupir de volupté. Elle entrouvrit les lèvres à l'invitation de sa langue. Une main dessinait de délicates arabesques dans son dos. L'autre lui massait doucement les seins, bientôt remplacée par sa bouche.

Elle aussi voulait le toucher. Faire siens tous les secrets de son corps. Ses doigts exploraient fiévreusement, s'aventurant toujours plus bas. Le râle de Marco lorsqu'ils s'enroulèrent autour de son érection l'enhardit, et elle serra plus fort. Il s'empara de sa bouche, susurrant des mots interdits contre ses lèvres. Des mots qu'elle ne comprenait pas et qui l'excitaient d'autant plus. Sa chair palpitait contre sa paume, de plus en plus dure. Alors il se dégagea pour plonger une main entre ses cuisses, qu'elle écarta afin de lui livrer passage. Un doigt s'insinua en elle, et elle s'arqua sous une déferlante de sensations.

— Tu es si étroite, murmura-t-il.

Sans cesser de la caresser, il récupéra son pantalon dont il extirpa un préservatif. Son regard luisant s'attarda sur elle. Sur son visage qu'elle devinait hébété de plaisir.

— S'il te plaît, gémit-elle.

Le désir assombrit ses prunelles. En quelques secondes, il mit la protection en place, puis se positionna entre ses jambes qu'il noua autour de sa taille. Kate se prépara, tremblante. Soudain, il fut en elle. Sa chair résista l'espace d'une fraction de seconde, avant de s'étirer pour l'accueillir tout entier.

Kate ferma les yeux, abîmée en elle-même, consciente de son corps comme elle ne l'avait jamais été. Tout son être se liquéfiait tandis que Marco allait et venait, stimulant sa féminité pour la propulser vers des sommets insoupçonnés. Les mots à ses oreilles sonnaient comme des encouragements, auxquels elle répondit en roulant des hanches, cramponnée à ses épaules. Leurs corps en sueur glissaient en rythme l'un contre l'autre. C'était si bon ! Son souffle se raccourcit alors que le tempo allait crescendo. Kate n'était pas sûre de tenir encore longtemps… La réalité vola en éclats au moment où son corps convulsa. L'orgasme la prit par surprise, et son long cri d'extase se perdit dans la gorge de Marco.

Marco haleta, immobile, avant de se retirer et de rouler sur le côté. Distraitement, il se mit à frotter l'alliance à son doigt. Il connaissait le prix à payer. Le sexe n'offrait qu'un répit. Après le plaisir venait la culpabilité.

Mais pas ce soir. Une agréable torpeur l'envahit. Une forme de paix intérieure qu'il n'avait plus ressentie depuis longtemps. Il tourna la tête vers Kate. Elle souriait, les lèvres enflées par ses baisers. Languide et heureuse. Il n'y avait aucune arrière-pensée dans son sourire. Aucun calcul.

— Satisfaite ? demanda-t-il.

Si c'était par inhibition qu'elle était restée vierge, elle n'en montrait aucun signe.

— Comblée, même. Grâce à toi. Merci, murmura-t-elle. C'était... Jamais je n'aurais cru que le sexe puisse être ainsi.

— Je suis ton premier. Tu m'as offert ta virginité.

Un cadeau précieux qu'il ne méritait pas. Mais, si c'était à refaire, il doutait d'avoir la force de dire non. L'expérience l'avait remué au plus profond de lui-même.

— Tu dois me trouver bizarre, dit Kate. Ce n'était pas un choix de vie de me préserver. C'est juste que... L'occasion ne s'est jamais présentée.

Elle esquissa une moue penaude.

— J'ai fini par croire que j'étais du genre frigide.

Si elle avait rencontré Marco à dix-huit ans, cela aurait été une autre histoire.

— Les hommes de ton entourage doivent être aveugles, commenta-t-il avec supériorité.

— Ce ne sont pas eux. C'est moi. J'ai tendance à tout ranger dans des cases, expliqua Kate. Bien ou mal. Noir ou blanc. Mais rien n'est aussi simple. Certaines choses sont mal à bien des égards, mais elles font un bien fou.

Elle se fendit d'un sourire.

— Je me sens libérée.

Un peu mélancolique aussi. Elle connaissait le mode opératoire de Marco. Ce n'était pas le début d'une belle histoire. Juste un aperçu de ce qu'elle aurait pu avoir.

— Suis-je un mal à bien des égards ? plaisanta Marco.

— C'est rien de le dire. Mais tu as aussi tes bons côtés.

— Tu sais que ce n'est que du sexe, n'est-ce pas ?

Un étau lui comprima la poitrine.

— Quoi, tu veux dire que tu ne vas pas m'épouser pour sauver mon honneur ?

Pourquoi fallait-il qu'il gâche ce moment parfait ?

— Puisque c'est cela, je me vengerai en déblatérant sur toi en ligne.

— Je t'ai vexée.

Elle était si belle en colère. Son désir remonta en flèche.

— Moi, vexée ? Pourquoi le serais-je ? Il faut bien que tout le monde profite de ta généreuse magnificence. Je ne suis pas jalouse.

Il éclata de rire et voulut la reprendre dans ses bras. Mais elle l'esquiva en se redressant d'un bond. Sa longue chevelure incendiaire dégringola sur ses épaules, laissant entrevoir un mamelon hérissé.

— Certes, c'est un peu gênant étant donné ma position au palais. Mais tu n'avais pas besoin de préciser que ce n'était qu'un coup d'un soir, grommela-t-elle.

— Ce n'est pas ce que j'ai dit.

Elle le considéra d'un air incrédule.

— Tu... Tu veux recommencer ?

— Tu rougis.

— Pas du tout ! répliqua-t-elle avec virulence. J'ignorais juste qu'il t'arrivait de remettre le couvert.

Marco lui décocha un sourire sulfureux.

— Donne-moi cinq minutes. Voire deux.

Il vit le moment où elle saisit le sous-entendu.

— Non, je voulais dire... Combien de fois ?

— Tu veux tenir le compte en gravant des entailles sur la tête de lit ? la taquina-t-il.

Elle secoua la tête avec impatience.

— Ma question était...

— Je sais ce que tu veux dire, la coupa Marco. Cela dure le temps que cela dure. La flamme finit par s'éteindre d'elle-même.

— Donc tu proposes que nous continuions jusqu'à ce que je me lasse ?

Son choix de formulation l'amusa.

— Touché. D'accord, jusqu'à ce que *tu* te lasses ?

Pour la première fois, la possibilité lui traversa l'esprit qu'elle puisse refuser.

— Je ne serais pas contre. Mais à une condition.

— Laquelle ?

Marco n'en revenait pas. À quel moment les rôles s'étaient-ils inversés ?

— Je préfère que cela ne se sache pas, répondit-elle. Je ne veux pas qu'on me compare à Lady Rosa.

— Tout le monde la respecte...

— Ou fait semblant. Je sais ce que les gens pensent dans son dos. Moi aussi, j'ai pensé la même chose, admit la jeune femme.

Marco haussa les épaules.

— Soit, ce sera notre secret. Cela pourrait même ajouter du piment.

— Je n'ai pas besoin de piment. Seulement de toi. Si toi tu en as besoin, alors non merci.

— Approche.

Il l'attira possessivement à lui.

— Laisse-moi te montrer ce dont j'ai besoin...

Une promenade à vélo avec la reine, une femme de quarante ans son aînée ? Kate devrait réussir à suivre. C'était ce qu'elle s'était dit. Quel ne fut pas son soulagement d'être autorisée à rentrer au palais lorsqu'elle tomba !

Elle appliqua de l'antiseptique sur ses égratignures et s'affala sur le canapé. Freya jouait avec son nouvel ami rencontré lors des tests. Kate avait son après-midi de libre. L'occasion de souffler un peu. En théorie... Trois minutes ne s'étaient pas écoulées que Marco faisait irruption dans son salon.

— Tu as eu un accident !

Il fronça les sourcils en la trouvant en un seul morceau à grignoter du chocolat.

— Hum, non. Plus de peur que de mal, assura Kate. Ta

mère est très en forme. Sans cette chute, je serais sûrement morte d'épuisement.

— Oh !

La tension émanant du prince retomba comme un soufflé.

— Je croyais que tu enchaînais les réunions cet après-midi, remarqua-t-elle.

— J'ai tout annulé. Où est Freya ?

— Elle joue avec un ami.

Le regard de Marco enflamma les braises couvant dans son bas-ventre.

— Alors nous sommes seuls ?

La vue de Kate étalée sur le canapé avait fait son effet. Il avait envie d'elle. Maintenant. Le désir qu'elle suscitait en lui était aussi irrésistible qu'un tsunami et les moments où il pouvait le satisfaire, trop sporadiques à son goût. C'était une source constante de frustration. Sans s'en rendre compte, il avait pris l'habitude de planifier ses journées et ses semaines autour de leurs rendez-vous, sans cesse à comploter pour s'aménager du temps seul avec elle. Le subterfuge avait perdu son charme initial. Savoir qu'elle avait honte que leur liaison puisse être découverte, honte de *lui* par extension, le rongeait tel un poison. Ce n'était pas comme s'il comptait le crier sur les toits. Son obsession du secret allait trop loin. Après tout, ce n'était que du sexe.

Vraiment ? Le sexe n'avait jamais été ainsi, avec aucune autre femme. Kate lui faisait ressentir des choses qu'il n'avait jamais ressenties auparavant. Qu'il ne s'était jamais autorisé à ressentir. Cela aurait dû être le scénario idéal : du sexe torride avec une partenaire sublime qui n'attendait rien en retour. Mais il voulait plus. Quoi, exactement ? Il n'aurait su le dire. Dans un recoin secret de son cœur, il se languissait de quelque chose qu'il se refusait à nommer. Quelque chose dont il se rapprochait le plus quand leurs deux corps bougeaient à l'unisson et qu'il se sentait enfin entier pour la première fois de sa vie.

Il écarta cette pensée. Peut-être devrait-il s'inquiéter. Il avait conscience d'avancer en terrain miné. Mais le désir l'emportait sur tout le reste. Il se pencha pour capturer sa bouche, tout en glissant une main sous son chemisier. Ses doigts remontèrent le long de son ventre plat, jusqu'à un sein dont il taquina la pointe du pouce. Sa paume en épousait la rondeur à la perfection.

— As-tu fermé la porte à clé ?

Kate se déroba lorsqu'il voulut l'embrasser. Ils avaient toujours été prudents. Mais l'interdit avait très vite perdu son côté excitant. Contrairement au sexe avec Marco, plus fantastique à chaque fois. Il finirait par se lasser d'elle, elle le savait. Le compte à rebours était lancé. Il s'égrenait dans un coin de sa tête, et Kate avait de plus en plus de mal à l'ignorer.

Elle s'était donné beaucoup de mal pour échapper à l'étiquette de maîtresse royale. Mais n'était-ce pas ce qu'elle était ? Elle en avait assez de se cacher. Plus que tout, elle en avait assez de se mentir à elle-même. La vérité était qu'elle était tombée éperdument amoureuse de Marco. Mais lui avouer ses sentiments sonnerait le glas de leur liaison. Elle n'était pas prête à tout arrêter.

— Et si ce n'est pas le cas ?

— Es-tu fâché ?

— J'en ai assez de ces rencontres à la sauvette ! lança-t-il sans crier gare.

Il se mit à arpenter la pièce tel un lion en cage. La panique gagna Kate. Alors ça y était ? C'était fini ? Elle avait beau s'y être préparée… Non, elle n'était absolument pas prête. Elle ne le serait jamais. Elle l'aimait. Sans lui, sa vie n'aurait plus aucun sens.

Marco s'immobilisa, fatigué de lutter contre des émotions qu'il ne se résolvait pas à reconnaître.

— Désolé. J'ai eu une mauvaise journée. *Dio*, Kate… Oublions cela, tu veux bien ?

Ils se jetèrent l'un sur l'autre, trébuchant jusqu'à la chambre en s'arrachant leurs vêtements en chemin, avant de basculer sur le lit. Kate menait la danse. Ses mains et ses lèvres partout sur lui le rendaient fou. Son self-control ne tenait plus qu'à un fil. Alors il inversa leurs positions et plongea en elle d'un coup, satisfait quand elle souleva les hanches à sa rencontre.

Kate savourait ce moment dans les bras de Marco, leurs corps intimement enchevêtrés.

Je t'aime, murmura-t-elle dans sa tête, en proie à une indicible tristesse. Que ne donnerait-elle pas pour pouvoir prononcer ces mots à voix haute ! Mais lui ouvrir son cœur, c'était le perdre à jamais.

Marco appela Kate, cheveux en bataille et costume froissé après une séance de jeu énergique avec sa fille. Pas de réponse. Elle était à l'appartement. La domestique présente avec Freya le lui avait confirmé lorsqu'il lui avait posé la question. L'air de rien, pour n'éveiller aucun soupçon. Il eut un mouvement d'impatience. Kate détestait l'idée de devenir un objet de commérages. Mais il avait réfléchi à une solution. Restait à convaincre Kate. Pour quelqu'un qui ne jurait que par son pragmatisme, elle se montrait tout sauf rationnelle, ces derniers temps. Mais peut-être était-il mal placé pour parler.

Le sexe avec Kate surpassait tout ce qu'il avait connu jusque-là. Ses précédentes liaisons pâlissaient en comparaison. Lui qui croyait avoir tout vu et tout vécu… Sauf tomber amoureux. Il avait depuis longtemps banni l'amour de sa vie. Alors il n'était quand même pas *amoureux* de Kate ? Il balaya cette hypothèse. Impossible. Si c'était le cas, il aurait pris ses jambes à son cou. Pas continué à la voir. Pourquoi ne pas simplement profiter de ce qu'ils avaient tant que cela durait ?

Tant que cela durait. C'était cela, le problème. Cela ne durait jamais, d'habitude. Il aurait dû se lasser depuis longtemps. Au lieu de quoi, son désir pour Kate grandissait de semaine en semaine. Il lui arrivait de compter les heures avant de la retrouver. *Et alors ?* Il avait une libido très active, ce n'était pas nouveau. Kate aussi était toujours partante. Alors pourquoi se priver ? Tout l'excitait avec elle. Caresser sa peau satinée. Goûter sa propre essence sur ses lèvres quand il l'embrassait. Il aimait ses petits gémissements gutturaux, ou la façon dont ses yeux se voilaient pendant l'orgasme...

Il jeta sa veste sur le canapé et poussa la porte de la chambre en l'appelant de nouveau. Son sourire s'effaça. Kate était bien là. Et elle avait pleuré. Elle se précipita vers lui en le voyant.

— Oh ! Marco ! Je suis si contente que tu sois là !

Dans un farouche élan protecteur, il la serra contre lui.

— Dis-moi ce qui se passe.

Kate aurait voulu rester là pour toujours, en sécurité dans les bras de Marco. Mais cette sécurité n'était qu'un mirage. Elle inspira profondément, avant de se dégager et de reculer d'un pas.

— J'ai reçu un appel de Jake.

— C'est ton frère qui t'a fait pleurer ?

— Non ! répondit-elle en voyant son expression orageuse. En fait, nous nous sommes plus ou moins réconciliés. Mais il avait une mauvaise nouvelle. Ma mère a eu une attaque. Rien de grave, heureusement. Ce doit être à cause de moi. Elle s'inquiétait tellement à mon sujet...

— Ce n'est pas ta faute, Kate.

Ses épaules s'affaissèrent.

— C'est ce que Jake dit aussi. Apparemment, ma mère fait

de l'hypertension. L'année dernière, le médecin lui aurait conseillé de changer certaines habitudes, mais elle ne l'a pas écouté. Elle n'a pas non plus pris les médicaments qu'il lui avait prescrits pour sa tension et son cholestérol, sans le dire à personne.

— Tu vois ? Tu n'y es pour rien.

— Mais, si j'avais été là, elle m'en aurait peut-être parlé. J'aurais pu la convaincre...

— Ta mère est une adulte, déclara Marco. Et aussi tête de mule que sa fille, semble-t-il. Elle a fait une erreur. Espérons que cela lui serve de leçon.

Kate renifla, avec un regard vers la pile de vêtements sur son lit qu'elle avait commencé à ranger dans sa valise.

— Oui. Tu as sans doute raison.

— J'ai *toujours* raison.

Sa tentative pour la faire rire n'eut pour résultat qu'un pâle sourire.

— Alors tu rentres à Londres ?

Marco y était préparé. Mais l'idée ne lui plaisait pas pour autant. Elle manquerait à Freya.

— Bien sûr. Ils ont besoin de moi, répondit-elle.

Et moi ? Et mes besoins à moi ? Il se méprisa pour son égoïsme. Tout ne tournait pas autour de sa royale personne. Il était légitime qu'elle veuille être auprès de sa famille.

— Laisse-moi organiser...

— Inutile, l'interrompit Kate. J'ai expliqué la situation à Luca afin qu'il me trouve une remplaçante. Mon vol est déjà réservé.

Il la regarda plier méthodiquement ses vêtements et les déposer dans sa valise.

— Je me demande quelle est la limite de poids...

— Aucune. Tu rentres en jet privé. Je me charge des formalités.

Elle tourna la tête vers lui, la stupeur peinte sur ses traits.

— Mais...

— Pourquoi en avoir parlé à Luca plutôt qu'à moi ?

Qu'elle se soit adressée à son assistant, justement sur le point d'être promu au poste d'ambassadeur de Renzoi au Royaume-Uni, contrariait Marco. Plus qu'il n'était prêt à l'admettre.

Kate essayait de ne pas penser au moment des au revoir avec Freya. Elle s'était beaucoup attachée à la fillette. Et pas qu'à elle. Ses yeux glissèrent vers l'homme qu'elle aimait. C'était vrai, ce qu'on disait. L'amour vous tombait dessus quand vous vous y attendiez le moins.

— Je ne voulais pas te déranger, dit-elle évasivement.

— Il ne t'a pas traversé l'esprit que je voudrais être dérangé dans un cas pareil ?

Le ton accusateur de Marco l'interloqua.

— Pour être honnête, non.

Elle lui tourna le dos et continua à remplir sa valise. Elle ne voulait pas qu'il voie les larmes dans ses yeux. Une femme forte et indépendante ne trahissait pas ce genre de faiblesse. Leur relation n'était pas de celles où on se tournait l'un vers l'autre en cas de besoin. Marco ne voulait que du sexe sans complications. Il avait été très clair là-dessus. Même se tenir la main était défendu ! Alors de quel droit montait-il sur ses grands chevaux ? C'était déjà assez difficile comme cela de devoir lui cacher ses sentiments sans qu'il brouille les limites qu'il avait lui-même imposées.

Elle avait pris sur elle pour s'accommoder de la situation. Il lui aurait été si facile de se bercer d'illusions en voyant dans leur intimité plus qu'il n'y avait réellement. En confondant leurs rires complices avec de la tendresse. Leur passion explosive avec de l'amour. C'est ainsi qu'on se mettait à croire aux contes de fées où le prince charmant s'éprenait de la nourrice. Mais, dans la réalité, le prince restait inconsolable après la mort de l'unique amour de sa vie.

Kate vivait dans la réalité, elle aussi. Cela signifiait profiter de ce qu'ils avaient tant que cela durait. Peut-être en souffrirait-elle plus tard. Mais c'était sa décision, et elle en acceptait les conséquences. Son indignation n'avait pas lieu d'être !

— Combien de temps seras-tu partie ? questionna-t-il.

— Je ne sais pas. Cela dépend.

Tout en continuant à ranger ses affaires, elle l'observait du coin de l'œil faire les cent pas dans la pièce.

— Tu veux bien arrêter ? s'exclama-t-elle, à bout de patience.

— Et toi, arrête de plier mille fois le même vêtement, riposta-t-il en lui arrachant le chemisier qu'elle tenait pour le jeter par terre.

— Bravo. Très mature.

Il la dévisagea un long moment, la respiration saccadée comme s'il avait couru un marathon.

— Prévois-tu de revenir ?

Le silence se prolongea. La tension était à couper au couteau.

— Je ne sais pas, admit-elle d'une voix à peine audible.

— Alors tu y as pensé !

— Ne prends pas ce ton avec moi. Je ne suis pas un de tes sous-fifres.

Un reproche injuste. Marco n'abusait jamais de sa position avec les personnes en dessous de lui dans la hiérarchie.

— Bien sûr que j'y ai pensé.

— Je le savais !

— Tu parles comme si tu m'avais surprise à voler l'argenterie. C'est normal que j'y pense. J'ignore combien de temps je serai partie. Ce serait mieux ainsi. Une rupture nette et définitive.

L'idée de revenir, seulement pour découvrir qu'il avait tourné la page ou fréquentait quelqu'un d'autre, lui était insupportable. Et elle devrait reprendre son rôle de nourrice comme si de rien n'était ?

— Freya…

— Non !

La jeune femme fondit sur lui, les poings serrés, telle une panthère prête à bondir sur son attaquant. Même en cet instant, Marco ne pouvait s'empêcher d'admirer ses courbes harmonieuses sous le jean moulant.

— Je t'interdis de te servir de Freya ! siffla-t-elle.

Il eut l'impression de recevoir une gifle. Lui, se servir de sa fille ? Jamais de la vie ! Sa colère retomba à la vue des larmes dans ses yeux d'ambre. Il n'avait qu'une envie, les sécher d'un baiser et serrer Kate contre lui.

— N'essaye pas de me faire culpabiliser ! ajouta-t-elle avec ressentiment.

— Ce n'est pas le cas. Je voulais juste dire que tu nous manquerais à tous les deux.

Il évita son regard.

— Mais, si tu veux partir, pars. Personne ne t'en empêche.

Kate s'humecta les lèvres. *Combien de temps ?* faillit-elle crier. *Combien de temps vais-je te manquer ?* Quelques heures. Quelques jours, au mieux. C'était différent pour elle. Il lui manquerait pour le restant de sa vie. Plus rien n'avait de saveur sans lui. Imaginer l'avenir sans Marco lui tordait le cœur.

— De toute façon, cela devait arriver. Tu l'as dit toi-même.

— Moi, j'ai dit cela ?

— « La flamme finit par s'éteindre d'elle-même ». Tu as oublié ?

Elle aurait été flattée de son insistance pour qu'elle reste si elle n'en connaissait la vraie raison. Ce n'était pas qu'elle s'en aille qui le dérangeait, mais qu'elle s'en aille avant qu'il l'ait lui-même décidé. Alors il n'y aurait eu aucun au revoir. Marco ne faisait pas dans le sentiment. Il pouvait même se montrer cruellement insensible.

— À moi aussi, Freya va me manquer, lâcha-t-elle, la gorge nouée. Je l'aime beaucoup.

Une émotion fugace traversa les yeux de Marco, chassée d'un battement de cils.

— Je sais.

— Mais, quand tu… nous passerons à autre chose, ma position ici deviendra intenable, continua-t-elle. Nous le savons tous les deux. Les gens sont au courant, Marco. Je sens leurs regards en coin. Quand j'entre dans une pièce, tout le monde se tait. Alors autant en rester là. Je ne tiens pas à devenir la nouvelle Rosa.

— Je n'ai aucun désir de passer à autre chose, comme tu dis.

Son regard se durcit.

— Et toi ? Ce n'est pas l'impression que tu donnais la nuit dernière…

— Ce n'est pas la question ! s'emporta-t-elle dans un accès de frustration. Je ne veux pas m'enfermer dans une situation où… Je veux plus, Marco. Mais pas toi. Pas tant que tu resteras amoureux d'un fantôme.

Marco serra la mâchoire.

— Tu ne sais rien de ma femme ni de mon mariage, gronda-t-il.

Une colère sourde émanait de lui par tous les pores. Mais Kate persista.

— Je ne peux pas lutter. Je l'ai bien compris. Et pourquoi le ferais-je ?

Elle désigna du menton l'alliance à son doigt.

— Je plains la femme que tu épouseras un jour. La pauvre n'a aucune chance, pas vrai ?

Il ne nia pas. À quoi s'attendait-elle ? Il ne lui avait offert que du sexe, et elle avait accepté ses termes. Ce moment était inévitable. Elle savait depuis le début qu'elle devrait dire au revoir à l'homme qu'elle aimait. Mais elle ne se forcerait pas à sourire pour lui faciliter les choses.

— C'est vrai, dit-il après un silence. Je n'ai donc aucune raison de repousser plus longtemps.

— Repousser quoi ?

— Mon mariage.

Le choc la fit pâlir.

— Tu te maries ? Peut-on savoir qui est l'heureuse élue ?

— Il n'y a personne, grogna-t-il avec impatience. Il me faudrait des mois pour passer en revue les candidates.

Kate eut un rire sardonique.

— Quel romantique tu fais !

Marco pinça les lèvres.

— Tout le monde cherche l'amour. Mais l'amour n'apporte que souffrance dans un mariage. Mes parents étaient amoureux, et regarde comment cela s'est fini. Belle m'aimait et...

— Ce qui t'est arrivé est tragique, intervint Kate. Mais l'amour n'y est pour rien.

— C'est arrivé à Belle, pas à moi.

— Cette fixation que tu fais sur un mariage sans amour pour lui rester fidèle... C'est voué à l'échec. Que comptes-tu faire ? Soumettre ta fiancée au détecteur de mensonges ?

— Ce n'est pas une fixation. Le mariage est un contrat. Je peux avoir n'importe quelle femme dans mon lit !

Ses mots lui firent l'effet d'une douche froide. Il dut s'en rendre compte car il reprit :

— Je ne parlais pas de toi.

— Oh ! tu ne me traitais pas de fille facile ? Tu sais, Marco, tout le monde ne confond pas sexe et amour.

— Si, plus que tu ne le penses. Tu n'imagines pas à quel point ton attitude est rare.

Kate demeura sans voix. Dire qu'elle avait craint qu'il ne soupçonne ses vrais sentiments !

— Mon attitude ? répéta-t-elle.

— Une attitude saine et adulte. Pourquoi chercher ailleurs une femme qui ne tombera pas amoureuse alors qu'elle se tient juste devant moi ?

Seigneur ! Il parlait vraiment d'elle.

— Ce serait la solution idéale, continua-t-il avec animation. Freya t'adore, le sexe est fantastique, et tu me connais sans doute mieux que personne.

Il fit une pause, comme troublé par cette prise de conscience. Kate aussi avait l'impression de le connaître depuis bien plus longtemps que quelques semaines.

— Aucun risque que tu développes de faux espoirs...

— Comme être aimée ?

Il fronça les sourcils.

— Tu n'es pas obligée de décider maintenant. Prends le temps d'y réfléchir.

Kate le fusilla du regard.

— Trop aimable. C'est tout réfléchi, Marco. La réponse est non. Es-tu vraiment prêt à m'épouser juste parce que cela t'arrange ? Et moi dans tout cela ? Je crois à l'amour, figure-toi. Ce n'est pas un mensonge. C'est la chose la plus merveilleuse au monde.

Elle ne lui laissa pas l'occasion d'objecter.

— Tes parents se sont mariés par amour, et cela s'est mal terminé. Même chose pour toi et Belle. Cela signifie que, moi aussi, je devrais renoncer à l'amour ? Que je devrais me contenter de... de *toi* ?

La mâchoire de Marco se crispa dangereusement. Était-ce la première fois qu'on lui disait non ? Il ne lui était sans doute jamais venu à l'idée qu'elle – ou qui que ce soit d'autre – puisse refuser de l'épouser.

— Oublions cette odieuse demande en mariage. Ma décision est prise. Je ne reviendrai pas.

Marco se figea.

— Si tu crois que je vais te supplier de rester...

Cela ne lui avait honnêtement pas traversé l'esprit.

— Non, Marco. Je crois que tu m'auras oubliée à la seconde où j'aurai franchi cette porte.

Il garda le silence. *Qui ne dit mot consent.*

— Tu sais quoi ? La prochaine fois que tu seras tenté de louer ton propre génie, rappelle-toi cela. La femme que tu viens de demander en mariage est amoureuse de toi...

Elle pressa un poing sur son cœur.

— Je t'aime, espèce d'idiot. Maintenant, va-t'en et réjouis-toi de l'avoir échappé belle !

— Je ne veux pas aller voir papi. Je veux Kate. Quand est-ce qu'elle rentre ? gémit Freya.

— Je te l'ai déjà expliqué. Kate est retournée auprès de sa famille.

— Kate est *ma* famille. Fais-la revenir. Est-ce qu'elle est montée au ciel comme maman ?

Marco s'agenouilla devant sa fille. La voir en larmes lui fendait le cœur.

— Non, ma puce ! Pas du tout ! Elle est en Angleterre.

— Tu le jures ?

Oh ! il jurait. Dans toutes les langues qu'il connaissait.

— Kate a d'autres personnes dans sa vie. Parfois, il faut savoir partager les gens qu'on aime.

— Je n'ai pas envie de la partager. Elle me manque. Ce n'est plus pareil sans elle.

Un millier d'images de Kate défilèrent dans l'esprit de Marco. Une intense émotion l'étreignit.

— À moi aussi, elle me manque.

L'aveu venait de ce repli secret de son cœur qui se languissait de ce qu'il s'était toujours interdit, et que Kate lui avait donné sans contrepartie : l'amour d'une femme et d'une famille. Tout ce dont il s'était tenu à l'écart par peur de souffrir. Une vraie réussite. Jamais il n'avait eu aussi mal.

— C'est vrai ? Alors qu'attends-tu pour la ramener, papa ?

Il hocha la tête.

— Je vais essayer.

S'il n'est pas trop tard.

Non, il refusait de croire que tout était fini. L'idée de se retrouver seul à nouveau le terrifiait. Alors s'il avait la moindre possibilité de sauver son unique chance d'être heureux...

— Maintenant, va rejoindre papi pendant que moi...

— Tu vas chercher Kate ?

— Exactement.

Marco passa la tête par la porte du bureau de son assistant. Un homme et deux jeunes femmes buvaient ses paroles, assis en demi-cercle autour de lui.

— Luca ? Tu as un instant ?

Luca le suivit dans le bureau attenant.

— Je me rends en Angleterre, annonça Marco. À ma villa dans le Dorset. Oh ! et Freya m'accompagne. Fais préparer ses bagages.

— Le personnel est limité sur place. Il faudra renforcer la sécurité...

Son assistant réfléchissait tout haut.

— Quand partez-vous ? s'enquit-il.

— Demain matin.

Le jeune homme déglutit. Mais il le secondait depuis trop longtemps pour oser prononcer le mot *impossible.*

— J'ai besoin de certains renseignements. Je t'envoie le détail par mail.

— Entendu, Votre Altesse.

Luca regagna son bureau, où Marco l'entendit interpeller son équipe.

— Si vous aviez des projets pour ce soir, annulez tout.

11

Kate et sa mère franchirent main dans la main la ligne d'arrivée de la course caritative organisée dans le parc local.

Kate était pliée en deux, à court d'oxygène.

— Je t'ai laissée gagner, affirma sa mère, dans la même position. Au fait, pense à t'hydrater.

Elle donna l'exemple en buvant sa bouteille d'eau en entier. Kate, elle, se laissa choir dans l'herbe avec l'impression qu'on avait passé son corps à la moulinette.

— C'était l'idée de qui, déjà ?

— La tienne.

— Et ton médecin a donné son accord ?

— Il m'y a même encouragée, répliqua sa mère. Fais des étirements, Kate. C'est important après un effort.

Kate roula les yeux face à ce énième sermon maternel.

— Où sont ton père et Jake ?

— Aucune idée.

Avec une grimace, elle se redressa sur un coude.

— Je crois qu'ils...

— Kate ? Qu'y a-t-il ?

Ce devait être une hallucination. Un effet secondaire de la fatigue physique. Le prince héritier de Renzoi ne pouvait pas être là, en pleine discussion avec sa famille. Est-ce que les hallucinations riaient ? Si oui, c'était particulièrement réaliste. Kate, elle, n'avait pas le cœur à rire.

Sa mère plissa les yeux, une main en visière sur le front.

— Qui est ce très bel homme en train de parler à ton père et Jake ?

— Marco Zanetti, répondit Kate, laconique.

— Marco ?

— Mon ancien patron.

— Le prince ? Ça alors, quelle coïncidence ! Le monde est petit.

Kate enviait l'innocence de sa mère. Non, le monde n'était pas petit. Marco ne se trouvait pas là par hasard.

— J'ai la nausée, geignit-elle.

— Je t'avais dit de t'hydrater, déclara sa mère d'un ton réprobateur.

Elle eut un rire jaune.

— Ta mère a raison. C'est scientifique.

Cette voix... Ce n'était pas une hallucination. Les larmes lui brûlèrent les paupières.

— Comment va Freya ? murmura-t-elle.

— Elle se joint à nous pour le dîner.

Kate lui jeta un regard assassin. *Allez, debout, ma vieille.* Sous les yeux de Marco, elle se leva avec la grâce d'un hippopotame boiteux.

— Va-t'en.

— Kate ! s'écria sa mère d'un air outré.

— Madame Armstrong, ravi de vous rencontrer.

— Ce n'est pas réciproque. Alors si tu allais voir ailleurs ?

— Katherine ! Excusez-la. Ma fille n'est pas elle-même...

Marco hocha la tête.

— Moi non plus, je ne suis plus moi-même. C'est plutôt positif.

Sa mère lui adressa un sourire circonspect.

— Bon, eh bien, je vais vous laisser entre vous.

Elle s'éloigna pour rejoindre son mari et Jake.

— Ta mère a l'air en forme. Toi, en revanche...

— Ma mère s'est entraînée. Pas moi, marmonna Kate.

Une part d'elle voulait le supplier de rester et de ne plus jamais la quitter. Mais c'est elle qui était partie. Elle avait pris la bonne décision, aussi déprimante soit-elle.

— Que fais-tu là, Marco ?

Même debout, elle avait l'air d'une brindille à côté de lui. Il en imposait toujours autant. Son éclatante virilité réveilla les papillons endormis dans son ventre. Elle se faisait l'effet d'une accro en sevrage tentée par sa drogue de prédilection. Elle se réfugia derrière une façade dédaigneuse.

— Comment va ta mère ? s'enquit-il.

— Bien, merci.

Sa mère avait pris l'avertissement très au sérieux. Depuis son attaque, elle défendait un mode de vie sain avec une passion frisant le fanatisme. Kate devait endurer d'interminables discours sur la valeur nutritionnelle de tout ce qu'elle avalait. Elle en savait plus long que quiconque sur les bonnes graisses, l'alimentation cétogène, ou encore les bienfaits du régime méditerranéen. Ce dernier - et c'était bien le seul - avait au moins le mérite d'être délicieux.

Kate avait également beaucoup échangé avec ses parents. Mettant ses griefs de côté, elle avait posé des questions sur son adoption et écouté leurs réponses. Ils prétendaient avoir toujours eu l'intention de lui dire la vérité, mais que le bon moment ne s'était jamais présenté. Ils avaient eu peur qu'elle se sente différente et rejetée. Kate avait compris qu'ils cherchaient seulement à la protéger. Comment rester fâchée contre des parents qui l'aimaient autant ? Tout le monde commettait des erreurs. Elle comprise.

Son regard errait sur Marco, réapprivoisant chaque détail. Le teint gorgé de soleil. Les pommettes hautes. Les yeux gris acier. Les lèvres sensuelles. Aucun homme ne lui arrivait à la cheville. Et elle, de quoi devait-elle avoir l'air, le visage rouge et dégoulinant de sueur ?

— Je t'écoute, Marco.

Il hésita.

— Pouvons-nous discuter quelque part en privé ?

— Non.

Se retrouver seule avec lui ? C'était la dernière chose dont elle avait besoin. Même si elle ne demandait que cela.

La méfiance dans les yeux de Kate lui fit prendre conscience du mal qu'il lui avait fait. Marco avait honte de sa stupidité.

— D'accord. Dans ce cas…

Il regarda autour de lui et repéra un banc sous un marronnier.

— Pouvons-nous nous asseoir là-bas ?

Il la laissa passer devant lui, et ils s'installèrent sur le banc à l'ombre.

— Comment va Freya ? s'enquit la jeune femme.

— Tu lui manques. Mais elle va bien. Et toi ? Comment ça va avec tes parents et ton frère ?

— Mieux. Nous avons longuement discuté. Tout ne s'arrangera pas du jour au lendemain, mais nous faisons des progrès.

Pour protéger Freya, avec qui elle n'avait aucun lien de sang, Kate aurait menti sans hésiter. Comprendre cela lui avait ouvert les yeux sur la conduite de ses parents et sa propre intransigeance.

— Pourquoi es-tu là, Marco ?

Ses traits semblaient plus creusés qu'avant. Des cernes violacés soulignaient ses yeux.

— Tu m'as manqué.

Elle cilla de surprise.

— Vraiment ?

Un espoir fleurit en elle. À croire que ces deux dernières semaines ne lui avaient rien appris.

— Tout d'abord, je tiens à corriger un malentendu...

— Inutile, le coupa-t-elle.

Elle n'avait pas besoin de l'entendre lui expliquer en quoi il avait raison et elle, tort.

— Tu ne peux pas toujours avoir le dernier mot, Marco...

— Vas-tu me laisser parler ?

— Pardon ?

— Mon mariage avec Belle... Ce n'était pas une grande histoire d'amour. Je ne suis pas un héros tragique, asséna-t-il. Belle et moi avions tous les deux vu le mariage de nos parents s'effriter, alors nous nous étions promis de ne jamais tomber amoureux. Notre amitié comptait beaucoup pour moi.

— Mais tout le monde dit que...

Elle frissonna. Marco enleva aussitôt sa veste pour la draper sur ses épaules. Kate n'avait pas froid, mais elle se blottit dans le vêtement imprégné de sa chaleur.

— Je sais ce que les gens disent, reprit-il d'un ton amer. Que nous étions le couple parfait ? Jamais une dispute ?

Elle hocha la tête.

— Pas d'attentes, pas de déception. C'était censé être le fondement de notre mariage. Mais Belle est tombée amoureuse de moi. Elle m'a envoyé des signes, et je ne les ai pas vus. Ou plutôt, je n'ai pas voulu les voir. Je l'aimais, bien sûr. Mais pas comme cela. Elle en a beaucoup souffert. Elle était ma meilleure amie et la mère de mon enfant. Et je l'ai rendue malheureuse.

— Oh ! Marco...

— Belle m'a épousé en espérant que mes sentiments finiraient par changer, continua-t-il. Elle pensait que me donner un héritier aiderait. Mais je me croyais incapable d'aimer. Le jour où Freya est née, elle était trop faible pour la prendre dans ses bras. Je sais qu'elle l'aurait aimée de toutes ses forces si elle avait vécu.

— Bien sûr, murmura Kate. C'est certain.

— Un jour, Freya apprendra que j'ai tué sa mère et...

— Non !

Kate entoura son visage de ses mains.

— Tu n'y es pour rien, Marco. C'était un tragique accident.

Ses bras puissants l'enveloppèrent. Il la serrait contre lui à l'étouffer, mais tant pis.

— Si elle n'était pas tombée enceinte, elle serait encore en vie. Elle croyait que c'était ce que je voulais. C'est moi le déclencheur. Si je ne m'étais pas focalisé sur ce qui m'arrangeait... Rien ne serait arrivé si je m'étais aperçu qu'elle était malheureuse.

Le mépris qu'il se vouait bouleversa Kate.

— C'est insensé de t'en vouloir. Autant que ton beau-père d'en vouloir à Freya, affirma-t-elle. Parfois, des choses terribles arrivent. Tu ne peux pas continuer à te punir éternellement. Tu es là, bien vivant.

Elle posa une main sur son torse, là où battait son cœur.

— Et Freya aussi.

— J'aime Freya plus que tout, dit Marco.

— Je sais.

Elle prit sa main dans la sienne. Quelque chose semblait différent...

— Tu ne portes pas ton alliance ?

Il secoua la tête.

— Je la portais pour me rappeler que je n'avais pas le droit d'être heureux et ne méritais pas l'amour de Freya. Puis tu es arrivée.

Il inspira profondément, comme un homme prêt à sauter dans l'inconnu.

— Certains mots peuvent changer le cours d'une vie. Des mots que je me suis toujours interdit de prononcer, car je n'y croyais pas. Est-il trop tard pour moi ?

Le cœur de Kate battait la chamade.

— Tout dépend de quels mots on parle.

— Tu es aussi belle qu'exaspérante. Tu as débarqué dans ma vie comme une tornade et m'as changé à jamais. Je t'aime, Kate. Je n'arrive pas à croire que j'aie pu te laisser partir, simplement parce que j'étais trop lâche. Y a-t-il une chance que tu ressentes encore quelque chose pour moi ?

Des larmes de joie roulèrent sur les joues de Kate.

— Bien sûr que oui. Je t'aime aussi, Marco. Mon Dieu, suis-je en train de rêver ?

Non, c'était bien réel. Leur long baiser passionné le lui prouva amplement.

— Vous comptez reprendre votre souffle un jour ?

Kate détacha ses lèvres de celles de Marco, mais resta agrippée à lui, comme si une part d'elle craignait qu'il ne disparaisse.

— Hum... Je te présente Jake, mon frère. Jake, voici Marco, mon...

— Futur mari, compléta-t-il en adressant un signe de tête à Jake. Nous avons fait connaissance tout à l'heure.

— Futur mari ? répéta Kate. Je ne me souviens pas avoir été demandée en mariage.

— Je te le demande maintenant.

— Dans ce cas... Oui ! Mille fois oui !

— Je vais vous laisser, dit Jake.

Kate ne le vit pas s'éloigner. Elle était trop occupée à savourer son bonheur tout neuf dans les bras de son prince.

Épilogue

Kate ajusta son col ras du cou incrusté de perles, contrastant avec le profond décolleté en V dans le dos qui dévoilait la finesse de ses omoplates. Surtout pas de robe meringue, ni de traîne interminable. C'était sa condition. L'élégant fourreau de soie épousait sa silhouette avant de s'évaser sous le genou, d'un délicat ton ivoire qui rehaussait l'éclat de son teint. Le résultat ravissait Kate. Il y avait bien une traîne, mais courte, ourlée de perles et brodée de roitelets, l'emblème de Renzoi.

— Tu es resplendissante.

Elle se retourna. Marco l'observait avec un sourire en coin, à tomber en jean noir et chemise ouverte au col.

— Cela porte malheur de voir la robe de la mariée avant la cérémonie, dit-elle d'un ton réprobateur.

— Tu me connais. J'aime chambouler les traditions. Et puis nous sommes déjà mariés.

Kate sourit.

— Pas techniquement.

Il n'y avait pas eu d'officiant. Mais les vœux qu'ils avaient prononcés devant leurs familles et quelques amis dans le Dorset, la semaine précédente, comptaient plus que n'importe quel mariage royal en grande pompe. Dans leurs cœurs, ils s'étaient unis pour la vie à ce moment-là.

— Merci de m'avoir fait ce cadeau, Marco.

La cérémonie officielle avait lieu le lendemain. Marco savait combien elle redoutait son faste médiatique et avait organisé, avec l'aide de sa mère, quelque chose rien que pour elle. Les fleurs sauvages dans des pots de confiture sur les tables avaient été une touchante attention de Lady Rosa. Quant au tandem orné d'un klaxon rutilant, c'était un présent de la reine, accompagné d'un vélo tout neuf pour Freya, leur demoiselle d'honneur.

— Pourquoi cet essayage ? questionna Marco.

Kate posa une main sur son ventre.

— Je voulais m'assurer que la robe m'allait toujours, répondit-elle.

— Est-ce le cas ?

— Oui. On ne verra rien avant des semaines.

— Tant mieux. Gardons le secret le plus longtemps possible. Enfin, si Freya réussit à tenir sa langue.

— Cela paraît si irréel... J'ai encore du mal à y croire.

— Peut-être devrais-tu opter pour une césarienne programmée ?

Kate pressa un index sur ses lèvres.

— Une chose après l'autre. Profitons de chaque jour qui passe, d'accord ? Et ne décidons rien sans avis médical.

Marco poussa un soupir.

— Tu as raison.

Il désigna la boîte sur le lit.

— As-tu pris une décision ?

Cette boîte lui avait été confiée par sa mère. Elle contenait tout ce qu'elle et son père savaient sur ses parents biologiques. Jake avait reçu la même. Sa quête n'avait pas eu une fin heureuse, et Kate redoutait un scénario similaire.

— Je vais l'ouvrir maintenant. Tu restes avec moi ?

— Bien sûr, *cara*.

Elle s'approcha du lit dans sa robe de mariée et souleva le couvercle, avec le sentiment d'ouvrir la boîte de Pandore.

— Il n'y a pas grand-chose, dit-elle en passant en revue les quelques documents à l'intérieur.

Une photo s'en échappa et voleta par terre. Elle se pencha pour la ramasser. Ses yeux s'agrandirent de stupeur.

— Quoi ? Qu'y a-t-il ? demanda Marco.

Elle lui tendit la photo de deux bébés allongés côte à côte.

— Je crois que... j'ai une sœur, balbutia-t-elle. Une sœur jumelle.

— Souhaites-tu la retrouver ?

— Je ne sais pas...

— Sache que, quoi que tu décides, je suis là pour toi, déclara Marco.

Kate sourit, touchée de sa sollicitude.

— Merci. J'espère que ma sœur, où qu'elle soit, est aussi chanceuse que moi. Serre-moi fort, Marco.

Il l'enlaça entre ses bras puissants. Kate savait que quoi qu'il arrive elle serait toujours soutenue, aimée par le plus merveilleux des maris.

Vous avez aimé ce roman ?
Découvrez la soeur de votre héroïne
dès le mois prochain dans votre collection Azur !